JN097352

ミニシアターの六人

小野寺史宜

Fuminori Onodera

小学館

ミニシアターの六人　目次

装丁　須田杏菜
装画　嶽まいこ

ミニシアターの六人

記念　三輪善乃（みわよしの）　六十歳

銀座四丁目交差点の角にある和光（わこう）。その大時計の針が十時十分を指している。

映画はそこから始まる。『夜（よる）、街（まち）の隙間（すきま）』。銀座の街を舞台にした一夜の話だ。

その大時計の映像を見ただけで時が戻った感じがする。十時十分。映画の夜が始まる時刻も示されていたのだな、と思いだす。

次のシーンは、銀座の中通り。おそらくは一方通行路だ。

立ち並ぶ雑居ビルの一つ、その出入口。地下へと狭い階段がのびている。わきには二つの立て看板が仲よく並ぶ。銀座風串焼き薄暮（はくぼ）亭、と、鶏（とり）料理和（わ）どり。

一台の車が出入口の前を徐行して通りすぎたあと。両手に大きなごみ袋を持ったサンダル履きの男性がパタパタと階段を上って姿を現す。上は濃紺のハッピに下はジーンズ。ハッピの襟の部分には、薄暮亭、と白文字の刺繍（ししゅう）が入っている。

この店員役の俳優は、溝部（みぞべ）純孝（すみたか）だ。このときで二十代半ば。だから今は四十代半ば。わたしが知らないだけかもしれないが、最近はあまり見ない。

「うわ、あちいな」

そう言って、溝部純孝は、隣のビルとのあいだにあるごみ置場に二つのごみ袋をドサリと置く。黒のポリ袋。中がまったく見えないあれだ。懐かしい。まだ、自分が出すごみを見られるのはいやよ、が許されていた時代。この映画がつくられた一九九五年は、わたしの感覚だとほんのひと昔前だが、よく考えてみれば二十年以上も前だ。

溝部純孝は銀座の空を見上げる。高さが異なる中小のビルによってジグザグに縁どられた空だ。そして何やらメロディを口ずさみながら出入口に戻り、パタパタと階段を下りていく。

次いで地下。和どりの前では、和装の女性店員がビールの空瓶の整理をしている。

この店員役は、早川(はやかわ)れみだ。女優というよりはタレントに近かった。このときで二十歳(はたち)すぎ。すぐに芸能界を引退したはずだ。この映画での演技の評判がとてもよく、次も期待されていた。だからよく覚えている。実際、二十歳すぎなのに二十代半ばの役をやっている。うまくこなしている。

階段を下りてきた溝部純孝に、早川れみが言う。

「おつかれさまです」

「どうも。暑いですね。とても残暑とかってレベルじゃないな」

「ほんと。夜でこれじゃ、昼のうちは表になんか出られない」

「こんな中、よくもまあ、酒を飲みに来ますよね。早いとこ家に帰ってエアコンの風に当たったほうがよさそうなもんなのに」

「でもこんなだからこそ飲みに来るんじゃない？　家にまっすぐ帰る気にはならなくて」

「なるほど。そういう考え方もありますね」

「そうなってくれなきゃ困るでしょ。それでわたしたちの時給が出てるんだから」

「確かに。今週も残り一時間。せいぜいがんばりますか」

「がんばりましょう」

二人は笑い合い、別れていく。溝部純孝は隣の薄暮亭に入り、早川れみは和どりの前でビール瓶の整理を続ける。

それから場所はジャズクラブになり、タクシーの中になり、日比谷公園になり、薄暮亭になる。ほぼ銀座だ。一丁目から八丁目まである銀座のどこか。ジャズクラブがあるのも銀座だし、タクシーが走っているのも銀座。日比谷公園はその名のとおり日比谷だが、まあ、広く銀座のくくりに入れてもいいだろう。

溝部純孝と早川れみを初めの一組として。映画にはあと三組の男女が出てくる。須田登演じるジャズベーシストと並木優子演じる会社員。森井希羽演じるタクシードライバーと戸倉有彦演じるそのお客。滝口太造演じる洋画家と石崎育代演じるクラブのママ。計四組。そして平塚丈臣演じる制服警官と野良猫。その九人と一匹が主な登場人物及び登場動物だ。

猫は野良猫なので、夏目漱石の吾輩同様、名前はない。が、人間たちは皆、俳優本人の名前。つまり、俳優名がそのまま役名になっている。溝部純孝は溝部純孝役だし、早川れみは早川れみ役だ。本人役ということではなく、あくまでも、役名が俳優名と同じということだけ。

何故（なぜ）そうしたのかは知らない。脚本も書いている末永静男（すえながしずお）監督の意向、ということだろう。その末永監督は二年前に亡くなった。だから前にも上映したこの映画館での一週間の追悼上映が実現した。二年経（た）っての追悼は遅い。末永監督の再評価の機運が高まっているから実現できた企画でもあるのだろう。

銀座を舞台にした映画だから上映も銀座で。いい案だ。この映画館も、映画に何度か出てくる。背景として映りこむだけではあるが、観（み）ている側は、おっと思う。

この『夜、街の隙間』の場合、ＤＶＤやブルーレイが出ていないことが後押しになったのかもしれない。わたしも買おうとしたが、新品も中古も見つからなかった。権利の関係なのか何なのか、発売されていないのだ。

そこへきてのこの上映。わたしのようにまた観たくなった人はたくさんいるだろう。あとは、その情報をうまく知ることができたかどうか。銀座のミニシアターで一週間の限定上映。そう簡単には気づけない。

わたしが気づけたのは、この映画館で働いていたことがあるからだ。

最近は目が疲れるので、前ほどは映画を観ない。それでも、今はどういうのをやってるかな、とたまには映画館のホームページを見たりする。それで見つけたのだ。作品紹介、の、カミングスーン、をクリックして。

夜、街の隙間。

その文字を見て、これは行かなきゃ、と思った。

上映は金曜日から木曜日まで。初日の金曜レディースデーは混むかもしれないから避けた。わたしも一応レディーだから安いのはありがたいが、ゆったり観られるほうを優先した。

ということで、今日。今やっているパートの都合もあって、そうなった。木曜日も考えたが、最終日はやはり混むかもしれない。だから水曜日。

上映は一日四回。わたしは三回め、午後四時五十分の回を選んだ。ベストなのは一つ前の回だが、こちらにした。『夜、街の隙間』は文字どおり夜の映画。せっかくだから、観終えて映画館を出たらそこは夜の銀座であってほしい、と思ったのだ。

夫の直久（なおひさ）には事情を説明し、悪いけど晩ご飯は自分でどうにかして、と言っておいた。じゃあ、久しぶりに外で食べてくるよ、と直久は言ってくれた。善乃（よしの）も銀座で何か食べてきたらいいよ、と。

そして勇んで来てみたら。観客は六人。

雨だからでもあるのか、少ない。やや拍子抜けした。これなら金曜レディースデーでもだいじょうぶだったかもしれない。

百八十二人入れる映画館に、六人。数えられるから、上映が始まる前に数えてしまった。男女三人ずつ。皆、離れて座ってはいるが、映画館なので多少は観やすい中央に寄る。だから顔は見えないまでも、年齢ぐらいは大ざっぱに推測できる。五十代以上ばかりかと思ったが、そうでもない。若そうな男性も女性もいた。

わたしが子どものころは、雨だから映画でも観よう、となっていたような気がする。会社の休みは日曜日だけだった父がよくそう言っていたのを覚えている。母との家族三人で、栗原小巻（くりはらこまき）が出ていた寅（とら）さんシリーズを観た覚えもある。

雨だから映画。今はもうその感覚はない。レジャーを楽しめる屋内施設は格段に増え、映画も自宅で気軽に観られるようになったからだろう。

わたしだって、そう。今日は初めから来ると決めていたから来た。そうでなければ来なかったはずだ。雨の日にわざわざ映画を観に行こうとは思わない。傘が邪魔になるしなぁ、と考え、億劫（おっくう）になってしまう。

とはいえ、映画館まで来てしまえば関係ない。傘は丁寧に折りたたんでバッグにしまってある。わたしはたまたま居合わせた顔も名前も知らない五人と一緒に映画を観る。今の時間を忘れ、夜の映画を楽しむ。

映画館の暗さは、やはり好きだ。上映が始まる直前、館内の照明が消されるその瞬間も好き。暗くなることで、意識はスクリーンのみに向く。家で見るテレビではそうはいかない。部屋を暗くしたところで、画面に集中することはできない。まさに目が疲れるだけ。

一本の映画を通して観る二時間。そのあいだは自分から離れられる。自分が自分である必要がなくなる。そうやって、時々自分を切り換える。他人の日常を追体験し、もとの自分に戻る。そうすることで、自分を調整する。

と、つい大げさに言ってしまったが。そう大したことではない。スーパーでパートをしているわたしだって、スクリーンの中ではニューヨークにもローマにも行ける、という程度のことだ。ニューヨークやローマに行ったのに、その三十分後にはいい気分で江戸川区に戻れるのだからありがたい。

そう。わたしは今、江戸川区に住んでいる。パートも、自宅から歩いていけるスーパー、ハートマート瑞江(みずえ)店でしている。

土日月の午前八時から午後一時まで。仕事は品出しだ。青果や総菜ではなく、主に一般食品の品出し。

レジをやっていたこともあるが、それは四年前までの話。五十代半ばになると立ち仕事がつらくなってきたため、品出しに変えてもらったのだ。その代わり、出勤時間は少し早くなった。パートそのものはずっとやってきた。出勤日や勤務時間を減らしたりはしたが、ここ十五年は切れ目なくやっている。

わたしは働くことが好きなのだ。サービスを提供する側になって、お客さんにいらっしゃいませやありがとうございましたを言うのが好きなのかもしれない。

それはレジから品出しに変わった今も変わらない。商品棚の前で品出しをしているときも、お客さんと目が合えばいらっしゃいませを言う。必ず言うよう、店から指導されもする。ただ、言わなくてもわからない。気づかないふりをすればそれですんでしまう。実際、そうする人もいる。商品棚だけを見て黙々と仕事をするのだ。

わたしはそれがいやなので、自分から見る。むしろいらっしゃいませを言いにいく。見ないようにするほうが面倒だと思ってしまう。

わたしの職歴は、ほとんどがパートとアルバイト。正社員として働いたのは二年半だけ。高校を出てすぐの二年半だ。

勤めたのは、工具を扱う会社。仕事は事務。合わなかったので、二年半で辞めた。

今になれば、合わなかったと判断するのが少し早かったように思う。が、一方では、二十歳の女子ならしかたなかったのかな、とも思う。

高校の先生に勧められたからその会社に入った。それなのに辞めてしまってだいじょうぶかと不安にもなったが、割りきった。そこなら神津に合うと思うぞ、という先生の言葉にだって根拠はなかったはずだから。だいたい、工具会社に合う女子高生って、何なのだ。

辞めて一ヵ月ほど休み、そろそろ次を探さなければと思ったところで、この映画館のアルバイト募集広告を見た。まだミニシアターという言葉はなかった時代。その隆盛期の十年以上前だ。

アルバイトというのが難ではあったが、映画館というのには惹かれた。スクリーンは二つ。規模が大きくないのもよかった。といっても、今のようなシネコンはまだなかったから、それは当たり前の形でもあった。

いい正社員の口が見つかったらそちらへ移ればいい。つなぎのつもりでやってみようと思い、応募した。

アルバイトなので、週三日か四日ぐらいと考えていた。が、面接の際、週五日できますか？と訊かれ、できます、と言ってしまった。ある程度長くやれますか？　とも訊かれ、やれます、とも言ってしまった。結果、すんなり採用された。

その面接をしてくれたのが片渕益郎さんだった。映画館の運営会社の社長であることは、働きだしてから知った。その日たまたま映画館の上の事務所にいたので、じゃあ、僕が面接しようか、となったらしい。

わたしの仕事は窓口でのチケット販売。マイクを通してお客さんとやりとりするあれだ。インターネットで事前購入するようなシステムはまだなかったので、前売券を買った人以外すべてのお客さんがそこでチケットを買う。わたしは映画を観るほぼすべてのお客さんと顔を合わせた。

映画館は入替制ではなかったし、全席指定でもなかった。同じ映画を二度続けて観ることもできた。実際にそうする人も結構いた。

当時、映画は誰かと一緒に観るものだとわたしは思っていた。それまで一度も一人で映画を観たことはなかった。観たい映画があるときは必ず友人を誘った。

だから、働いてみて、一人客が多いことに驚いた。

頻繁に来る人の顔は自然と覚えるようになった。お客さん側もそれは同じ。わたしが窓口にいることは多かったから、じき顔を覚えてくれるようになった。

三輪(みわ)直久もその一人だった。

直久は上映作品が替わるたびに来た。たいていは平日。作品が気に入れば、二度三度と来た。

三度めはさすがに驚いたので、つい声をかけてしまった。

「三度め、じゃないですか?」

「そうですね。いい映画は何度も観たくなっちゃうんですよ」と直久は笑顔で言った。

何度も観たくなるのはわかるが、三度はすごい。

そう思っていたら、何と、四度めもあった。

そのときは、直久が自分から声をかけてくれた。そうせざるを得なかったのだと思う。三度めの時点でわたしにああ言われたから。

「また来てしまいました。でもこの映画はこれが最後です」

「最終日ですもんね」

「はい」

「次もどうぞいらしてください」

「来ます」

わたしがこの映画館でアルバイトをするようになって、すでに三年が過ぎていた。つなぎのつもりでいたはずが、工具会社に勤めた期間をあっさり超えてしまった。初めは正社員を募集する会社を探したりもしたが、もう探さなくなっていた。

高卒女子。正社員になったところでお給料が倍増するわけでもない。手どりはこちらのほうが多いぐらい。保険料などをそこから払うから結局は少なくなるが、大きく変わりはしない。無理に正社員になる必要性はあまり感じられなかった。

何よりもまず、わたしはこの映画館と銀座が好きになっていたのだ。毎日銀座に来られるのはいい。長くいられるのはいい。そう思っていた。

その後も、直久は映画を観に来た。チケットを買う際、わたしと毎回言葉を交わすようにもなった。

そしてあるとき、わたしに手紙をくれた。

手紙といっても、メモ紙程度のもの。そこにはこう書かれていた。

三輪直久と言います。会社員です。映画の話をしたいです。

あとは電話番号。当時は携帯電話などないので、固定電話の番号だ。アパートだから何時でもだいじょうぶです、と付記されてもいた。

自分から電話をかけはしなかった。わたしがそれをしなかったことで来づらくなるかとも思ったが、直久は来た。二週間ほどして。上映する作品が替わってからだ。

「一般一枚ください」といつものように言ったあと、直久はこう続けた。「おかしなことをしてすみませんでした」

謝られる謂(いわ)れはない。わたしはあわてて言った。

「映画の話はしたいです」

「え?」

「電話は、かけづらかったので」

「あぁ」

自分の電話番号を書いたメモ紙を渡したいところだったが、実家住まいなのでそれは難しい。ということで、そのときに初めて言った。

「あとで電話します」

実際に電話をして。会うことになった。

わたしの休みは平日で、直久の休みも平日。だから平日の午後に銀座の喫茶店で会った。

映画の話をした。それ以外の話もした。

直久はわたしより三歳上であることがわかった。主にカップ麺などの即席麵をつくる会社に勤めていた。

仕事は営業。スーパーなどの小売店を担当していた。だから休みは平日になることが多かったのだ。

「神津さんがいらっしゃる映画館には学生のころから行ってましたよ」と直久は説明した。「映画が好きというよりは、あの映画館が好きなんですよね。銀座の真ん中。何か、行きたくなりますよ。あそこでやってくれる映画だから観よう、という気になります。観れば、いい休日を過ごした気にもなりますし」

わたしはただのアルバイトだが、そう言われてうれしかった。自分の家をほめられているような気がした。

何故わたしなのかは、よくわからなかった。わたしたちは大して話をしたわけでもないのだ。だから思いきってそう尋ねてみた。

「僕もよくわからないです」と直久は正直に言った。「チケット売場のあの透明な板越しにじゃなく、神津さんと話をしてみたくなりました。一度そう思ったら収まりがつかなくて。それからは、神津さんの顔を見に行くような感じでもありました。映画館に行くと、窓口があって、神津さんがいて。僕にとっては、あの映画館の顔が神津さんなんですよ」

だとすれば、そこにいる人なら誰でもよかったんじゃないか、という気もした。だがやはりそう言われてうれしかった。

それからも何度か会い、わたしたちは付き合うようになった。

わたしは映画館のアルバイトを続け、直久は休みの日に映画を観に来た。カノジョが売るチケットをカレシが買う。お客さんは入ってる？　と直久が言い、まずまずかな、とわたしが言う。そんなことが続いた。

休みが合った日には、二人で映画を観に行くこともあった。そのときはよその映画館に行った。といっても、銀座周辺。有楽町か日比谷。

映画を観てから日比谷公園を散歩し、そのあとに銀座でお酒を飲んだ。銀座にも高くないお店はあるのだと知った。

そして付き合って二年が過ぎたあたりでプロポーズされた。

その言葉はこう。

「これからもずっと一緒に映画を観よう」

それには、ただの返事としてすんなり言ってしまった。

「うん」

「あれっ。今の、一応、プロポーズなんだけど」

「あ、そうなの？」

「そう」

「気づかなかった」

「じゃあ、あらためてもう一度。これからもずっと一緒に映画を観よう」

あらためて同じ返事をした。

「うん」それでは足りないなと思い、こう付け加えた。「よろしくお願いします」

結婚した。わたしが二十六歳、直久が二十九歳のときだ。

いろいろバタバタするだろうから、わたしはそこで映画館のアルバイトを辞めた。

社員さんもほかのアルバイトさんも、おめでとうを言ってくれた。

片渕社長はご祝儀までくれた。額を言うのもいやらしいが、何と、五万円。驚いた。結婚相手はこの映画館によく来てくれた人だとわたしが言ってしまったから、そうせざるを得なかったのかもしれない。

結婚して変わる男性は多いと聞く。男性だけではない。女性だってそうだろう。わたしがどうだったのか、自分ではわからない。

直久は変わらなかった。少しもだ。いい相手。いい夫。そうとしか言いようがなかった。

わたしたちは子を持つつもりでいた。二年後ぐらいでいいと思っていた。それなら経済的にも落ちつき、家族が増えることを想定した引越もしやすいから。

そして予想外なことが起きた。起きなかったという形で、起きた。

二年後。ではそろそろ、となってからも、子ができなかったのだ。その後一年経ってもできなかった。

とはいえ、わたしもまだ二十九歳。あせるまではいかなかった。

こればかりは授かりもの、気長にいこうよ、と直久は言った。できたら産む。この先はもうどのタイミングでもいい。そういうことにしよう。

その言葉はありがたかった。わたしもそれでいいと思った。

タイミングに関しては、そもそもさほど考えていたわけではない。ただ、早生まれで誕生日が三月になったりしたら子ども自身が大変だろうとは思っていた。それだと、前年の四月に生まれた子と同学年になる。六、七歳児にとって、一年の差は大きいはずだ。わたしが前にそう言ったのを、直久は覚えていたらしい。だからその言葉が出た。

おかげで気は楽になったが。授かりものは中々授かれなかった。

三十をいくつか過ぎると、さすがにあせりだした。こうなるともう、子ができない原因が何かあるのだろう。そう思うようになった。いろいろと自分で調べるようにもなった。

不妊症。子を望む健康な男女が避妊をせずに性交渉を一定期間続けても妊娠に至らない場合、そう言うらしい。一定期間は一年とするのが一般的。

わたしたちは見事に該当した。

原因が男性の側にあることもあれば、女性の側にあることもある。そして女性は三十歳を超えると自然妊娠できる可能性が低下する。三十五歳ぐらいからは妊娠率そのものが急劇に低下、反対に流産率は高まるらしい。

不妊治療の流れは、大まかに言えばこう。

まずは自然に近い形での妊娠を目指し、タイミング法から。これは排卵日の予測の精度を高めて妊娠率も高めることを狙うものだ。それを試しても妊娠できなかったら、人工授精へと進む。それでもできなかったら、体外受精。

これは最近の話だが。不妊治療に百万円以上かかった人はたくさんいるそうだ。年齢が上がるにつれて高額になる。人工授精や体外受精は健康保険の対象外なのでそうなってしまう。治療期間は平均で二年。すぐ妊娠できる人もいれば、三、四年かかる人もいる。途中で休む人もいる。

三十五歳を過ぎると、わたしもいよいよあせるようになった。

そこでやっと直久に話した。当時調べた情報を伝え、わたしは不妊治療を受けたいとはっきり言った。本当はもっと早くにそうするべきだったかもしれない、とも。

やろう、と直久もはっきり言ってくれた。僕も善乃との子がほしいから。

そんなわけで、二人で病院に行き、検査をしてもらった。

これをいやがる男性も多いようだが、直久はそうではなかった。いやはいやだったろうが、そんな顔は見せずに検査を受けてくれた。

何日か待たされて、結果が出た。原因はわたしにあることがわかった。

二人でお医者さんから説明を受けて病院を出ると、わたしは言った。

「ごめんなさい」

「何で謝るの」と直久は言った。「そんなの謝ることじゃないよ。誰が悪いとか、そういう話じゃない」

その夜、落ちこむわたしに直久はこうも言ってくれた。

「いい？　万が一、あくまでも万が一だけどね。この先子どもができなかったとしても、それは善乃のせいでも何でもない。できなかったから僕がいやな気持ちになることもない。それで変わることは一つもないよ。というそれこそが今の僕の気持ち」

直久と結婚してよかった。そう思った。この人の子を産みたいな。心からそう思った。

わたしが真剣な顔をしていたからか、直久はさらにこう言ってくれた。

「むしろ余計なことを言ったかな。プレッシャーなんて感じなくていいからね。一応、伝えておきたかっただけ」

三十六歳で、ついに不妊治療を始めた。

そのときもわたしはパートをしていた。和菓子屋の店員だ。

週三日とはいえ、通院する日と重なることもあるだろう。仕事を休むなら理由を言わなければいけなくなる。うそをつくのも本当のことを言うのもいやだった。だから辞めた。

最初の段階であるタイミング法では結果が出なかった。

予想はしていたし、覚悟もしていたが、それでもがっくりきた。

正直、つらい時期だった。

週三のパートならできたかもな、と思った。働かなくなったことでむしろ気がふさぐようになった。気の紛らしどころがないのだ。

久しぶりに映画でも観ようかなぁ、と思った。すぐに、この映画館で働いていたときのことを思いだした。

またそこで働くのは？　そう思いついた。映画館の仕事なら体に負担はかからない。いい気晴らしになるだろう。

その思いつきには、自身、魅了されたが、でも無理だろうなぁ、とも思った。さすがに週五日働くのは無理。雇ってはもらえないだろう。

だがあきらめきれなかった。電話で尋ねるのではなく、直接行ってみた。映画館の上の事務所にだ。

面接を受けたあのときのように、ちょうど片渕社長がいた。

「おぉ、神津さん。ではなくて。今は、何だっけ」

「三輪です」

「そう。三輪さんだ。ごめんごめん。僕もじいさんだから、人の名前をすぐに忘れるようになった。披露宴に呼んでくれた人の名前を忘れちゃいけないな」

結婚披露宴には片渕社長を呼んだ。アルバイトの披露宴に呼ばれても困るだろうと思っていたが、ご祝儀をくれたので声をかけやすくなり、実際にかけてしまったのだ。

片渕社長は快く応じてくれた。呼んでくれるなら喜んで行くよ、と言ってくれ、披露宴ではスピーチまでしてくれた。善乃さんが窓口にいてくれたので映画館のお客さんが増えました、とうそまでついてくれた。

わたしにしてみれば、片渕社長こそが縁結びの神。披露宴に呼べてうれしかった。

直久も喜んでいた。社長さんが善乃を採用してくれたおかげで僕も結婚することができました。今日のこの日を迎えることができました。と、新郎としてスピーチした。

「また働かせてもらえませんか?」とわたしは片渕社長に言った。

「どうして?」と訊かれたので、事情を説明した。

すべてを包み隠さず話した。不妊治療をしていること。中々結果が出ないこと。気晴らしに映画でも観ようかと思ったこと。すぐにこの映画館を思いだしたこと。またここで働きたくなったこと。それもいい気晴らしになると思ったこと。

「そうかぁ」と片渕社長は言った。「もうとっくにお子さんがいるのかと思ってた。苦労してるんだね、神津さんも。じゃなくて、三輪さんも」

「働こうと思えるくらいだから、苦労とまでは言えないかもしれませんけど。もし雇っていただけるなら、きちんと働きます。さっき気晴らしと言ったのは、あくまでも個人的な意味ですので」

「そこは疑ってないよ。何年もきちんと働いてくれたからね、三輪さんは。えーと、何年だった?」

「五年、ですね」

「そうか。もっと長かったような気がするよ」

「わたしもです」

どうですか? とわたしが訊く前に、社長はあっさり言ってくれた。

「わかった。いいよ。三輪さんが入ってくれたらちょうどいい。人はほしいけど週五でなくてもいい、という感じではあったから」

「本当に、いいんですか？」

「うん。三輪さんなら大歓迎だよ」

「ありがとうございます」

ということで、わたしは十一年のブランクを経て、またこの映画館で働くことになった。

映画館は前と少し変わっていた。スクリーンが二つなのは同じだが、一つは旧作を上映する名画座で、もう一つは独自にセレクトした作品を上映するミニシアターになっていたのだ。

ミニシアターのほうでは、何年か前に記録的なロングランヒット作を出した。『ニュー・シネマ・パラダイス』。一作を九ヵ月も上映していたのだ。

そのあたりの五年ほどがまさにミニシアター隆盛期。あとで振り返れば、それがちょうど終わったころにわたしはこの映画館の窓口に戻った。終わったというよりは、ミニシアターが映画館の一つの形として落ちついたというころだ。

わたしは映画を観に来る人たちにまたチケットを売った。時が戻ったようには感じなかった。単純に、時が経ったのを感じた。自分がここにいることを十一年前のわたしは予想できなかっただろうな、と思った。

前に働いていたときは観たいものがあれば観るという感じだったが。復帰後のわたしは、ミニシアターのほうで上映される映画はすべて観るようになった。

社員さんだけでなく、わたしたちアルバイトもタダで観られる。それで観ない手はなかった。タダだからという気持ちもあったが、映画を観たいという気持ちのほうがずっと強かった。

この映画館でやるものだから観る。かつて直久がそうしていた気持ちも少しわかった。自分の好みで選ばない。たまたまそこでやっていた映画を観る。それは案外楽しいのだ。そうでもしなければ絶対に出会わなかったであろう映画と出会える。絶対に観られなかったであろう映像を観られる。

ヨーロッパ映画。アメリカ映画。アジア映画、とそこに含まれる日本映画。すべて観ることで、それまでは知らなかった世界を知ることができた。その世界に浸ることもできた。映画に浸る、というその感覚が懐かしかった。

今この瞬間もそれは同じ。懐かしみつつ、わたしは映画に浸っている。

そう。本当にすんなり浸れたのが、なじみのある銀座を舞台にしたこの『夜、街の隙間』なのだ。

9　薄暮亭・カウンター席（夜）

洗ったグラスを拭いている純孝と、梅酒のロックを飲んでいる育代。
育代「溝部くんて言ったわよね？　あなた、学生？」
純孝「いえ。大学は去年卒業しました」
育代「じゃあ、今は？」
純孝「ここで働いてるだけですよ」

育代「どうして（言葉に詰まる）」
純孝「働かないのかってことですか？　きちんとしたところで」
育代「ええ、まあ。ごめんなさいね、立ち入ったことを訊いてしまって」
純孝「（笑って）かまいませんよ。隠すようなこともないですし」
育代「やっぱり、不況のせいで？」
純孝「いえ。初めから就職するつもりがなかったんですよ」
育代「そうなの？」
純孝「はい。えーと、何ていうのかな。要するに、ここでこんなふうに話をしてるのが性に合うんですよ」
育代「？」
純孝「例えば、夜の十一時すぎにごみを捨てに出るとしますよね。外は雨が降ってるかもしれないし、月が照ってるかもしれない。家に帰ろうとしてる人たちのピークは過ぎて、あとは本腰を入れて飲もうとしてる人がちらほらいる程度です。場合によっては、すでに生ごみを狙う猫が通りに出てたりもして。（笑って）彼らの表情ってのがまたいいんですよ。きちんと、少し早めだがそろそろいいかなって顔をしてるんですからね。で、僕はこんなところのそんな時間が好きなんですよ」
育代「こんなところって、銀座っていうこと？」
純孝「はい。もうちょっと言葉を足せば、夜が夜として残されてる場所っていうのかな。新宿や渋谷じゃ、こうはいかないですからね」

間。

純孝、拭き終えたグラスを背後の棚に収める。

育代「（純孝を見つめて）変わってるのね」

純孝「そんなことありませんよ。（育代のグラスが空になったのを見て）もう一杯、お飲みになりますか？」

育代「そうね。頂くわ。あなたも何か飲んだら？　わたしにつけていいから。ねぇ、そうなさいよ」

純孝「すいません。じゃあ、ウイスキーを頂きます。同じくロックにしようかな」

純孝、カウンターにロックグラスを二つ並べて氷を入れ、梅酒とウイスキーを注ぐ。

二人はそれぞれのグラスを掲げて乾杯する。

石崎育代。初めてこの映画を観たときはわたしよりずっと歳上だった。このときで五十前ぐらいだろう。今はわたしのほうがずっと歳上だ。

映画ではそれがある。若さも美しさも保たれる。スクリーンの中の彼ら彼女らは動かない。現実のわたしたちのほうが動いてしまう。

例えば前にこの映画を観たとき。わたしは性差を越え、溝部純孝の目線でこのシーンを観ていた。すでに三十九歳ではあったのに、そうだった。ぎりぎり三十代。まだ若さを引きずっていたのだ。

　今はちがう。石崎育代の目線でこのシーンを観た。自然とそうなった。もうごまかしが利かないぐらい、わたしは歳をとったのだ。

　このあと、三つの短いシーンを挟み、場所は薄暮亭に戻る。

　カウンター越しに向き合う二人。溝部純孝が石崎育代のたばこにライターで火をつける。

「ありがとう」

　石崎育代はたばこを吸い、溝部純孝に向かわないよう、煙を横に吐く。そして言う。

「わたしね、こう見えて、十年ぐらい前までは女優だったのよ。あなたは知らないでしょうけど」

「知ってます。覚えてますよ」

「うそ」

「ほんとです。そうなんじゃないかと、前々から思ってました」

「こうも歳の離れたあなたの記憶に残るほどは出てないわ。大した役もやったことないし。変な役ばかりだったもの」

「どちらかというと陰のある役が多かったんじゃないですか？　夫を亡くした妻とか、そういう感じの」

「いやだわ。ほんとに知ってるのね」と石崎育代は苦笑する。

「記憶力がいいんですよ。自分が二歳のころのことまで覚えてますからね」

「それなら話が早いわね。夫を亡くした妻。確かにそんなのばかりだったな。例えば二時間のテレビドラマがあるとするでしょう？　そうするとわたしは一時間も経たないうちに死んじゃうのよ。何度か最後まで生きてたこともあるけど、そんなときは犯人なの。無理もないわよね、先に犯人を殺しちゃうわけにはいかないもの。だから、夫を亡くした妻というよりは夫を殺した妻というほうが正しいのかな」

「何にしても、僕はママの顔を覚えてましたよ。きれいな女優さんだと思ったな」

「うまいこと言うのね」

「そうじゃありませんよ。僕は女の人にそんな類（たぐい）のうそをつかないことにしてますし」

「あらうれしい。だけど、きれいなだけじゃダメなのよね」

「そういうものですか？」

「だと思う。でも早いうちに見切りをつけてよかった。ほんとはこれでも遅すぎたくらい。お店のお客さんに、昔テレビに出てたよね？　って言われるのはつらいわ。それが事実とはいえ、女優としてはダメでしたって自分で認めるようなものだから。まあ、それがあったからこそ、口利きでこうして店をやらせてもらえてるんだけど。そう、あなた、テレビでわたしを見たことがあるなら、裸も見たことがあって？」

「裸、ですか」

「ええ。わたし、ドラマで何度か脱いだことがあるの」

「それは知りませんでしたよ」

「本当？」

「ほんとです」

「きっと忘れてるだけね。大した代物じゃなかったから。そのころはね、絶対に女優でやれると思ってたの。だから自分で脱ぐことに決めたし、それを何とも思わないようにしたの。でもダメね。今になって、こんなことばかり気にしてるのよ。そんなわたしの姿を見た人が周りにいるんじゃないかって。いえ、裸を見られたことがどうこうじゃないの。ただ、こう、そこまでして必死にその世界にしがみつこうとしてるように見えたんじゃないかって気がしちゃうのね。おかしいでしょう？　この歳になってまだそんなことを気にしてるなんて」

「ママは、後悔してるんですか？」

「してるわね。でもそれが何に関してのものなのかは、自分でもよくわからないな。もっと女優をやればよかったっていう後悔なのか、初めからやらなければよかったっていう後悔なのか。もしかすると、普通に暮らせばよかった、なんてことなのかもね」

「普通に、というと」

「普通に学校を出て、普通に働いて、普通に結婚して、普通に子ども産んでってこと」

わたしは元女優でもクラブのママでもないから石崎育代の気持ちを正確に理解することはできない。が、普通に子どもを産めるのがどんなにありがたいことか、それだけはわかる。

体外受精まではいかなかった。人工授精。わたしは三十九歳のときに子を授かった。不妊治療を始めて三年。平均よりは長かった。よくあきらめなかったと思う。

経済的な負担も大きいから、おそらく誰もがやり通せるものではない。二年経たないうちにやめてしまう人もいるだろう。それだけ大変なのだ。

夫が協力的なわたしでさえそうだった。もし協力的でなければ、どうしていいかわからなくなってしまう。それが原因で離婚。家族を増やそうとしたことが原因で家族と別れる。そんなことにもなりかねない。

実際、二年が過ぎたあたりでわたしも一度あきらめかけた。直久が後押しをしてくれたから、もう少しがんばろうと思えた。

直久はこう言ってくれたのだ。善乃がいやならもうやめよう。僕もそうしたい。でも今やめて、善乃自身が後悔しない？

わたしは考えた。後悔は、するだろう。そこまでがんばった自分を誇りに思う、とはまだ言えないような気がした。

だから。

その一年後。

おめでとうございます。

お医者さんにそう言われたときは本当にうれしかった。

想定していなかったので、初めはきょとんとしてしまった。何がですか？　と訊きそうになって、こう訊いた。

本当ですか？

本当です。妊娠、なさってます。おめでとうございます。

その言葉がこの人の口から出る日が来るとは思わなかった。歳甲斐もなく、わたしは悲鳴に近い歓声を上げた。あとはもう、ありがとうございますをひたすら言いつづけた。

そのときもまだわたしたち夫婦は携帯電話を持っていなかった。だが居ても立ってもいられなかったので、わたしは直久の会社に電話をかけた。仕事中でもいい。帰りを待てない。今回は特別。ためらわなかった。

直久は運よく会社にいた。ちょうど外から戻ってきたところだった。

わたしはいきなり言った。

「できた」

直久は訊き返さなかった。え？　も、ほんとに？　もなかった。わたしが会社にかけてきたことですでに察していたのかもしれない。言ったのはこうだ。

「やった！」

その、やった！　を聞くと、わたしはもうそれだけでしゃべれなくなった。涙が溢れてきて、声を出せなくなったのだ。

「善乃、おめでとう。よくやってくれた。がんばった」

それには、震える声をどうにか絞り出し、こう返した。

「あなたも、おめでとう」

「うん。そうだ。僕もおめでとうだ」

電話の向こうで直久が笑っているのが伝わってきた。そこは夫婦。電話でも伝わるのだな、と思った。

その夜、わたしはお酒を飲まなかったが、直久には飲んでもらった。直久もそんなに飲むほうではないが、休みの前夜には缶ビールを二本ぐらい空ける。その日は平日。次の日も仕事だったので、一本。

直久はビールでわたしは冷たいお茶。グラスをカチンと当てて、乾杯した。

「よかった。ほんとによかった」と直久はくり返した。「いや、実はね、今だから言うけど。前に、やめて後悔しない？　って訊いたとき、僕もすごく迷ってたんだ。本当に正直なことを言うと。もうやめてもいいいんじゃないかと思ってた。二年もこの状態っていうのは、善乃の気持ちにもよくないはずだから」

そう言う直久の目は少し潤んでいた。わたしの目も同じだったと思う。

三年がんばっての、妊娠。

わたしの興奮は続いた。翌日もなおだ。

その日は仕事だった。だからこの映画館に来ていた。

『夜、街の隙間』はもうすでに観ていた。まだここで上映してもいた。期間はそもそもの予定どおり、六週間ぐらい。その日はあと数日で終了というころだった。

まず、チケットを売るときに気づいた。

その男性は四十代後半ぐらい。ひとまわりは下であろう派手めな女性を連れていた。二人で窓口にやってきて、言った。

「一般二枚ね」
「はい」
マイクに向かってそう言いながら、あれっ？　と思った。もしかして、末永静男監督？『夜、街の隙間』を観たあとに雑誌のインタヴューも読んでいたから、顔を知っていたのだ。

二枚分のチケット代は末永監督が払った。確か一万円札で。お釣りをまちがえないようにしなきゃ、とそんなことを思った覚えがある。

お金のやりとりの際、末永監督はわたしに尋ねた。

「お客さん、入ってる？」
「そうですね。入ってます」

何人ものお客さんと何度も交わしてきたごく普通の会話。そのときにあったのはそれだけ。末永監督と女性はすぐに映画館に入っていった。

へぇ、と思った。監督は自分の映画を観に来るのか。もう何度も観ているはずなのに、わざわざお金を払って。映画館で観るのはまたちがうということだろうか。例えばお客さん目線で観られるとか。

いや、でも。観たいと連れの女性にせがまれただけかもしれない。

あの女性、まちがいなく、奥さんではなかった。わたしは末永監督の知り合いでも何でもないが、奥さんならわかるのだ。女優の土門道恵（どもんみちえ）だから。

それは誰もが知っている事実。ほとんどの人が、末永監督のことは知らなくても女優土門道恵のことは知っている。土門道恵が映画監督と結婚したことも、広く知られているはずだ。ただ、よほど映画が好きな人でない限り、末永監督のことまでは知らない。

土門道恵は末永監督より何歳か下。このときで四十代半ばだったはずだ。末永監督と結婚してからも映画やテレビドラマに出ていたが、子を産んでからはあまり出なくなった。おそらく仕事をセーブするようにしたのだ。その印象があったので、売れなくなったとの見方はあまりされなかった。

それは今も同じだ。たまにテレビのスペシャルドラマか何かでその顔を見る。だから、クラブのママの石崎育代とはまったくちがう感じだ。元ではなく、現女優。遥(はる)かに格上。

とにかく。そのとき末永監督が連れていたのはその土門道恵ではなかった。例えばマネージャーだとか映画会社の人だとか、そういう仕事関係の人でもなかったと思う。手をつないでこそいなかったが、常に身を寄せ合ってはいたので。要するに、そういう女性だったのだろう。はっきり言えば、浮気相手。

そして。自分が妊娠したことでの興奮と、自分が観て好きになった映画の監督を見た興奮とが合わさった。その二つが、がっちり手を組んでしまった。

窓口でのチケット販売は座り仕事。体はさほど疲れないが、接客仕事でもあるので気疲れはする。もちろん、休憩はとる。時間も決まっている。

その時間が、上映終了時刻と見事に重なっていた。

わたしは交替で休憩に入った。映画も終了した。

いつものように階上で休みはしなかった。わたしはいわゆる出待ちのような状態で、末永監督が外に出てくるのを待った。まさに映画館の外の路上で。制服姿のままで。

その回のお客さんは数十人。平日の午後にしては多かった。

一人で来るお客さんは、上映が終わったら素早く立ち去ることが多い。二人で来ている人たちのほうがどうしてもゆっくりになる。

そこで、少し意外なことが起きた。二人組にしてはやや早めに出てきた男女が、映画館の前で別れたのだ。

今日は解散、という別れではない。おそらくは男女としての別れ。女性のこんな言葉が聞こえてきたので、そうだとわかった。わたし、これから別れる人と一緒に映画を観たりはしない。観てるうちに、こうしようと思ったの。

二人はわたしがそばにいることに気づいていなかった。

だからわたしはそっと離れた。

二人はさらに二言三言話し、左右へと別れていった。

ほっとした。そんな状況では末永監督に声をかけづらいから。

そしてその末永監督と連れの女性がゆっくり出てきた。

わたしは素早く歩み寄り、思いきって声をかけた。

「すみません」

「ん？」と言って、末永監督は立ち止まった。

「末永静男監督、でいらっしゃいますか?」

そうだとしても、ちがいます、と言われる可能性はある、とそのとき初めて気づいた。が、末永監督はすんなり言った。

「うん。そう」

「よかった」とつい本音が洩れた。本当に人まちがいという可能性もやはりあったから。

「わたし、そこでチケットを売ってた者です」

「そう、みたいね」

何を言おうか迷い、こう言った。

「ご自身の映画を、観に来られるんですね」

「今日はたまたま。彼女も観たいって言うし」

その彼女が言う。

「すごい。映画館の人にはやっぱり気づかれるんだね。ほんとに有名人だ」

「有名人ではないよ」と末永監督。「たまにマニアックな人が気づくだけ。って言ったらお姉さんに失礼か」

「いえいえ」とわたしは言った。「声をかけてしまってすみません。チケットをお売りしたときに、もしかしたら監督かと思いまして。それでつい」

「そう。じゃあ、映画も観てくれたの？」

「はい」

タダで観られますので、とはさすがに言わなかった。

「うれしいよ。ありがとう」

「楽しませていただきました。銀座の夜に浸らせていただきました」

「おぉ。それもうれしい」

声をかけたのだからサインもねだるべきか、と思った。ファンならそうするだろう。だが色紙もマーカーもない。せめてノートやボールペンぐらいは用意しておくべきだった。

だからわたしはそこでも思いきった。変に遠まわりした気遣いから、こんなことを言った。

「あの、監督」

「ん？」

「わたし、妊娠したんですよ」

「え？」

それには連れの女性も驚いた。監督の子を？　と一瞬思ったかもしれない。

「昨日、子どもができたことがわかりました」

「あぁ。そうなの。びっくりした。知らないうちに僕が妊娠させたのかと思った」と末永監督は際どい冗談を言った。

「これまでずーっと子どもができなくて、長くお医者さんにかかってたんですよ。そしたら昨日、できたと言われて」

「そうか。それはよかった。おめでとうございます」

「おめでとうございます」と女性までもが言ってくれた。

「ありがとうございます。それで今日はこうやって末永監督とお会いできて。うれしさも倍増です」

「まあ、僕は何もしてないけど。でもそんなことで喜んでもらえるならよかった。元気な子を産んでね」

「はい。それであの」

「うん」

わたしはまさに思いきり、自分でも呆れる思いつきを口にした。

「名前を、考えていただけませんか?」

「え? 僕が?」

「はい。ぜひ」

「うーん」

「思いつきでかまいませんので」

「でもなぁ」

「考えてあげなさいよ」と女性。

「いや、考えるのはいいんだけど。まだ男の子か女の子かわからないんだよね?」

「そう、ですね」

そこまではわたしも考えていなかった。初めて会う人に、いきなり難題をふっかけてしまった。

そう思っていたら、末永監督はすぐに言った。

「シズカでどうだろう」

「シズカ」

「うん。静かな湖畔、のシズカ。末永静男のシズ。漢字一文字で、静（しずか）。それなら男の子も女の子もいけるでしょ」

「あぁ。いけます」

「実はさ、自分の息子をそれにすればよかったと思ってるんだよね。タツオだのヒロオだのじゃなく、静にすればよかったって。だからすぐに出てきた」

「いいんですか？　そんなお名前を頂いても」

「いいも何もない。どんな名前を付けるかは親の自由だよ。無理にそれにしなくていいからね。これはただの提案」

「ありがとうございます。すみません。不躾（ぶしつけ）におかしなことを言ってしまって」

「いやいや。こっちこそ、何か悪いね。ロクに考えもせずに」

「いえ。お邪魔しました。映画、すごくよかったです。失礼します」

わたしは頭を下げて映画館に戻った。恥ずかしさが一気に出たので、振り向きもせずに駆け戻った。三十九歳なのに、女子中学生みたいに。

　俳優名をそのまま役名にしてしまう末永監督のことだから何か奇抜なものが出てくるかと思ったら、そこは普通だった。単に考える時間がなかっただけかもしれない。

静。しずか。

確かに、男女どちらでもいける。悪くない、と思った。

その日のうちに、末永監督に会ったこと込みで、直久にも話してみた。

いいね、と直久は言った。漢字一文字で静。本当にそれでいいかも。

本当にそれになった。

それ以外にする理由を思いつけなかった。対して、それにする理由ならいくらでも思いつけた。直久とわたしがこの映画館で出会ったからだとか、その名前もこの映画館の前で生まれたからだとか。

そして名前に遅れること数ヵ月。静自身が生まれた。三輪静。男の子だ。

産んだとき、わたしはすでに四十歳。出産はきつかった。陣痛が来てから生まれるまでかなり時間がかかった。地獄の苦しみ、と言ってよかった。そんな言葉をこの場でつかうのをためらわないぐらい、苦しかった。

汗や涙や鼻水で、わたしはもうグチャグチャになった。静の第一声、おぎゃあ、を聞いたときはゼーゼー言っていた。にもかかわらず、自身、ワァワァ泣いた。その泣き声は静のそれより大きかったはずだ。

そうなることは予想できなくもなかったから、直久には立ち会わないでもらおうかとも思った。結果、立ち会ってもらってよかった。直久がそばにいてくれなかったら、わたしはそこまでがんばれなかったかもしれない。

わたしほどではなかったが、直久も泣いていた。目から涙がぼろぼろこぼれていた。それを見て、わたしもまた泣いた。二人して泣くだけ泣き、そのあとにようやく少し笑った。

そんなふうにして、時間はかかったが、直久とわたしは親になった。なれた。

そのあとも苦労はした。

静は体が弱かった。乳幼児健診ではたいてい何かで引っかかり、再診してもらうのが当たり前だった。

小学校に上がってもまだ弱かった。体は小さく、何かといえばすぐに熱を出した。その熱はいつも三十九度ぐらいまで上がった。

そのころからもう花粉アレルギーがあったし、さらにエビやカニなどの甲殻類へのアレルギーも見つかった。

乗物酔いも激しかったので、あまり遠くへは連れていけなかった。学校での日帰りバス遠足でさえ、決死の覚悟で臨んだ。毎回、この酔い止め薬はほかのどれよりも効くからと何度も話して暗示をかけ、その上でエチケット袋を三枚持たせた。

一時期は、小児がんを疑ったこともある。お医者さんに言われたわけでもないのに、家庭医学書であれこれ調べたわたしが早合点したのだ。

高学年のときには、自転車で転んでケガをした。変なふうに路面に手をついて小指を骨折したのだ。それで発熱もした。例によって、三十九度以上。やっと下がったと思ったら、今度はインフルエンザでまた熱を出した。

静のことに限らない。三輪家としても苦労はした。

直久のグループ会社への転籍出向。そんな不運もあった。五十歳を前にして、即席麺をつくる会社から乳製品をつくる会社への出向を命じられたのだ。

もちろん、したがった。お給料は下がった。役職も、名称こそ変わらなかったが、実質、格下げになった。

でも働かせてもらえるだけいいよ、と直久は言った。不平不満は言わなかった。会社なんてそんなものだよ。そんな類のことすら言わなかった。

だからわたしも詳しいことは知らない。仕事上の大きなミスをしたわけではない。知っているのはそれだけだ。ただ、その出向は直久の人のよさゆえではなかったかと、密（ひそ）かに思ってはいた。直久は、大きな組織の中でうまく、というかズルく立ちまわれる人ではないのだ。

だからこそ、わたしは直久を選んだ。そんな直久とだからこそ、一緒にやってこられた。

その会社の本社は日本橋。直久は初めそこにいた。江戸川区から日本橋。そのときは通勤も楽だった。

が、すぐに東北支店に異動になった。仙台だ。静を転校させたくないからと、直久は自ら単身赴任を選んだ。

四年後、今度は関東支店に異動になった。大宮だ。江戸川区の自宅には戻れたが、通勤は一時間半かかった。二時間までなら余裕だよ、と直久は笑っていた。

まあ、その程度なら苦労とは言えないのかもしれない。家族三人どうにかやってこられたことで、わたしたちは満足するべきだろう。分裂してしまう家庭だって、世の中には数多くあるのだから。

静は江東区にある都立高校に行き、千代田区にある私立大学に進んだ。そこの商学部。今は二年生だ。

そして。今日で二十歳。

だから今日、わたしはここへ来たのだ。亡くなってしまった末永監督にその報告をするために。

追悼上映は一週間。そこにうまく静の誕生日が含まれていた。

だったらその日にしよう、と思った。もちろん、パートが休みだからでもある。が、そうでなかったとしても、休みをもらっていただろう。

パートは午後一時までだから、時間的には余裕がある。でもわたしはもう六十歳。身軽には動けない。一日の中であれもこれもはできない。

映画はジャズクラブのシーン。四人のミュージシャンが演奏している。

スクリーンに映っていないだけ。当然、撮影現場には末永監督がいただろう。

スクリーンに映っている四人を観ながら、そしてジャズの演奏を聞きながら、わたしは心の中で言う。

末永監督。名前を頂いた、というより勝手にそう付けてしまった三輪静は、おかげさまで二十歳になりましたよ。小さいころは女の子とまちがわれるからいやだと言ったりもしていましたが、今は静もその名前を気に入っていますよ。

思念　山下春子　四十歳

ジャズがもう夜を感じさせる。

クラブの狭いステージで、テナーサックスとピアノとベースとドラムスのクァルテットが演奏している。このクラブは、実際にあるカフェ『ジャンブル』。そこを借りて撮影したらしい。客席はステージのすぐ近く。各テーブル席からたばこの煙が立ち上る。その様をカメラがはっきりとらえる。

今はベーシストがソロを弾いている。演じる俳優は須田登。目を閉じている。ずっとではない。時折開ける。だが開けたからといって何かを見ているわけでもない。まぶたは自然と開閉するだけ。集中している。

テーブル席に一人で座っている女性が、そんな須田登をじっと見る。並木優子。こちらは、見るべくして見ている。テーブルにはジントニックのようなトールグラスのカクテルが置かれている。並木優子はそのグラスに手を出さない。動かない。

動きがあるのはステージ上だけだ。中でも須田登だけ。ベースソロなので、ほかの三人は休んでいる。

このシーン、そこそこ長いが、演奏以外の音はない。セリフもなし。誰も何もしゃべらない。

そして唐突に次のタクシーの中のシーンに行き、やっと中年男性ドライバーと三十前後の男性客がしゃべったと思ったら、またすぐに次のシーンに行く。

16　日比谷公園・第二花壇の前（夜）

ベンチに寝そべっている太造と、脱ぎ捨てられた靴のわきにちょこんと座っている野良猫。

太造「（野良猫に語りかけて）どうしてかなぁ。酒飲んで、ぶらぶらしてさ。それでいつも、気がつくとこうやってベンチに寝そべってるんだよ。（園内の広々とした風景を見て）この公園も、何度か描いたことがあったなぁ。というより、この辺りで描かなかったものなんてなかったよ。ビルの屋上にイーゼルを立てて、一ヵ月のあいだずっと夜の街を描きつづけたこともあった。そのときに仕上げた『月の下のまち』ってやつなんかね、今でも相当な額で取引されてるよ。実際、あれはいい絵だったよなぁ。月の明かりでさ、銀座の街がぼんやり浮かび上がってるように見えんの。（両手の親指と人差し指で長方形をつくり）昔は、こうやって風景を切りとれば、どこだって絵になったもんだけどなぁ。それが今じゃね、決まってそこに何か目障りなものが入りこんでくるんだよ。原色ばっかりのケバケバしい装飾とか、そうでなきゃ、反対に、新しいのにわざと古めかしくした建物とか。前はここにあった品のいい活気もあっという間になくなった。街ってさ、一度変わっちゃうと、もう二度ともとには戻らないんだよ。これは芸術も同じだな。最近の連中はね、どこからか拾い集めてきたごみを組み立てて、それをアートだって言うんだ。芸術じゃない、アートだってね。おれに言わせれば、ごみはごみだよ。産業廃棄物の山が芸術だってのか？ 冗談じゃない。（笑って）ごみって言えばさ、猫ちゃんも大変だな。今じゃ、ごみだっていろんなのに分けられちゃうもんな。あ、でもそれはいいことなのか。お目当ての袋だけを漁ればいいんだからな」

日比谷公園。おそらくは本物だ。晴海通りを歩き、日比谷通りを渡って公園に行くと、出入口のわきに日比谷公園前交番がある。後にその交番もこの映画に出てくる。警察が本物を貸してはくれないはずだから、さすがにそれはセットだろう。だがほぼ再現されている。

実はわたし、本物のその交番に行ったことがあるのだ。日比谷公園を歩いていたときに拾ったカギを届けに。

カギ単体で落ちていたら気づけなかっただろう。キーホルダーが付いていたから気づけた。気づいたからには、そのままにしておけなかった。どう見ても家のカギ。失くしたら困る。同居人がいる家庭ならまだしも、一人暮らしのアパートのカギなら大変だ。

この映画をすでに観ていたからすんなり拾えた。あの交番に行けるな、と思ったのだ。同行者がいたことも大きかった。一人なら躊躇したかもしれない。このときは原島徹樹と一緒だった。散歩デートをしていたのだ。日比谷で映画を観て、遅めの昼ご飯を食べたあとに。

散歩デートを切り上げて、わたしたちは日比谷公園前交番に行った。カギが持ち主に戻ったのかは知らない。警察からわたしに連絡が来るようなことはなかった。いや、もしかしたら、連絡は不要、というようなことをわたしが言うなり書くなりしたのかもしれない。そのあたりはよく思いだせない。

というそのこと自体を、久しぶりに思いだした。記憶とはそういうものだ。あれとこれ、というようにつながっている。

この映画を観るのは二度め。この映画館で観るのも二度め。前回も今回も、ここでしかやっていなかったのだ。前回は一ヵ月以上やっていたはずだが、今回は一週間。その七日のうちに来るしかなかった。

今日は学校が夏休みだから来られた。

といっても、わたしはそこに通う生徒ではない。そこに通う教師だ。夏休み期間も、教師は学校に行く。やることはいろいろあるのだ。部を持っていれば、まずその活動がある。

わたしは、一応、卓球部の副顧問になっている。顧問はわたしより歳下の男性教師。卓球の経験者ということで、そちらが顧問。そういう形にしてもらった。卓球部には女子もいるので女性教師も必要。そこでわたしに白羽の矢が立っただけなのだ。

先生もやろうよ、とたまに女子生徒たちに言われ、やらされる。四十歳の未経験者だから、メタメタにされる。十代前半の生徒たちはうまいのだ。上達も速い。自分の子でもおかしくない歳の生徒たちにメタメタにされると、案外ショックを受ける。

ほかにも、夏休みには教師自身のための研修もある。各種書類作成などの事務や授業の準備もある。学期中よりは余裕があるが、一概に楽とも言えない。それでも、公務員としての夏季休暇はあるし、有休もとりやすい。夏季休暇の日にちはもう決まっていたので、今日は有休をとった。そうしたら、あいにくの雨。まあ、しかたない。予定していたのがキャンプならつらいだろうが、映画なら問題ない。

映画は子どものころからよく観た。が、親と映画館に行った記憶はない。不仲だったわけではない。映画はレンタルビデオ店で借りて観るのが当たり前だったのだ。

父はさほど映画を観なかったが、母はよく観た。だから母が借りるときにわたしも一緒に店に行き、それぞれに観たいものを借りる。中学生のころまでは、そんなふうに映画を観ていた。

高校生のころは、友人と映画館に行くようになった。大ヒットした映画を二、三人で観に行くのだ。そしてポップコーンを食べながら観た。それで、映画館で映画を観るのも悪くないな、と思うようになった。

一人で観に行くようになったのは、大学一年生のころ。一人で何かをする、と言えるようなことをしたのはそれが最初だ。一人で映画に行く、と、一人でカフェに行く、が同じ日だったかもしれない。映画館に一人で行ったのだからカフェも一人で行ってしまおう。そんな感じで行ったはず。

そして何ヵ月か経ったとき。ここで初めてミニシアター系の映画を観た。それがこの『夜、街の隙間』だ。

観ようと決めていたわけではなかった。まず、映画の名前さえ知らなかった。何ともおかしな流れで観ることになったのだ。一人でではなく、二人で。

始まりは大学の地下にある学食。そこでわたしは昼ご飯を食べていた。昼休みではなかった。三時限め。それでもまだ学食は混んでいた。その授業をとっていない人は時間をずらして食べることが多いのだ。わたしもその一人だった。

わたしの右側には女子学生がいた。その向かいには男子学生。どちらも知らない人だったが、その二人は知り合いだった。おそらくは上の学年の人たちだ。食べながらあれこれ話をしていた。

そこが空いていたので、わたしがあとから座った。だから食べ終えたのは二人のほうが先。それぞれのトレーを持って立ち上がり、去っていった。同じタイミングで席を立つ人が多く、わたしの左隣の人もいなくなった。

両隣が空いたことで、ほっとした。やっと落ちついて食べられるな、と思った。周りを見る余裕も出た。一つ置いた右ななめ前に、野中正利(のなかまさとし)くんがいた。向かい合って座っていた男女。その男子学生の隣に座っていたということだ。

野中くんはわたしより先に来ていた。いるのはわかっていたが、気にならなかった。ただ、二人がいなくなると、微妙な感じになった。野中くんに連れがいれば問題なかったはずだが、野中くんもわたし同様一人だった。

野中くんとは別に親しくない。友人とまでは言えないレベル。だが顔は知っていたし、少し話したこともあった。だから、そこで何も話さないのは変だった。

どうしよう。今さら気づかないふりをするのは無理。といって、声をかけたらかけたで、何か話さなければいけなくなる。

と、そんなことを考えていたら。

やはり同じことを考えていたのだろう。野中くんが先に動いてくれた。

「一気に減ったね。人」とわたしを見て言った。

「あぁ。うん」

「これから授業に出るのかな」

「そうかも」

「それで許されちゃうって、すごいよね。高校じゃあり得ない」

「学校にいながら授業に遅れる理由がないもんね」

「山下（やました）さん、三限はなし？」

「うん。とってない」

「おれも。最初は隣の人が山下さんの知り合いかと思ったよ。だからそこに座ったんだろうって」

「わたしも。隣の人が野中くんの知り合いかと思ってた。サークルの先輩とかそういう人なのかなって」

「サークルは、入ってないよ。初めは日文研究会に入ろうかと思ったんだけど。仮入会まででやめた」

「どうして？」

「何か、文学を真剣に語る、みたいな感じだったから。これはマズいなと思って」

わかる。それはマズい。わたしも文学は好きだが、語りたくはない。せめて、あれよかったよね～、としゃべる程度にとどめたい。

「山下さんは、サークルは？」

「入ってない。イベントサークルに入ってる友だちに誘われたけど、ぴんと来なくて。だったらアルバイトをしようと」

「してるの？　バイト」

「うん。週三日だけど」

「何？」

「書店」

「書店。いいね」

「時給は安いし時間も短いから、月三万円ぐらいにしかならないけどね」

「三万は大きいよ。おれもやっと免許とったから、何かやんなきゃ」そして野中くんは言った。

「ねぇ、あのさ」

「ん？」

「そっちに移ってもいい？　この位置だと、話しづらいから」

「あぁ。どうぞ」

野中くんがトレーを持ってわたしの前に来た。そのトレーに載っていたのは、カレーライスとうどん。男子っぽい組み合わせだ。わたし自身は、洋風の定食か何かだったと思う。

野中くんとは学部も学科も学年も同じだったが、語学のクラスはちがった。だからクラスメイトではない。ただ、ほかの授業では一緒になることもあった。

初めて話したのは、四月におこなわれた教職ガイダンスのとき。

教職課程は、とらない人もいる。わたしの文学部は、とる人が多い。初めから教師になろうと入学してくる人もいる。教師になるつもりはないがとれる資格はとっておこう、との理由でとる人もいる。それはそれですごいな、と感心する。教師にはならないのに資格をとる。わたしにはできない。何のために？　と思ってしまう。

そのガイダンスで、たまたま席が隣になった野中くんと少し話をした。中学の先生と高校の先生ではどっちがいいのかなとか、古文は苦手だから現代文だけというわけにはいかないかなとか。何も知らない者同士、そんなことを言い合った。わたしがクラスメイトより先にきちんと話したのがこの野中くんだ。

ただ、その後はあまり話す機会もなかった。顔見知りにはなったから、どこかの教室で会えばあいさつをする程度。わざわざ隣の席に座ったりはしなかった。

という間柄での、これだ。

ご飯を食べながら、こんな話をした。

「山下さん、やっぱり教職はとるの？」

「そのつもり」

「初めからそう言ってたもんね」

そう。初めからそのつもりだった。教師になりたかった、というよりは、会社で働くことに魅力を感じなかった、というほうが近いかもしれない。科目は、英語も考えたが、国語。だから日文科に進んだ。

「野中くんはどうするの？」と訊いてみた。

「おれもそう。先生になるつもり。親も教師だし」

「え？　そんなこと言ってた？」

「言わなかった？」

「聞いてないような」

「じゃあ、あのときは言わなかったのか。別に隠すつもりはなかったんだけど」

わたしたちはあのとき初めて会った。しかもただのガイダンス。親が教師なんだ、とは普通言わないだろう。

「国語の先生なの？」

「うん」

「お父さんとお母さん、どっちが？」

「どっちも」

「そうなの？」

「そう」

「なのに、初めから教師になるつもりではなかったんだ？」

「うん。どうしようかなぁっていう程度。なりたくないわけではなかったけどね。親と同じはいやだってこともなかったし」

「今はもう、なるつもりなの？」

「そのつもり。やっぱりおもしろそうだと思ったよ。人に何かを教えたいわけじゃなくて、単に子どもたちと接したいと思った。山下さん、中学にするか高校にするかは、もう決めた？」

「それはまだ」

「どっちがいいんだろうね」

「どうだろう」

「高校のほうが楽だって言う人もいるよね。高校生のほうが少しは大人だから扱いやすいって意味で」

「それはあるかもね。無駄に反抗したりはしなそうだし」

「無駄に反抗。しそうだよなぁ、中学生は」と野中くんは笑った。「でもおれはちょっと中学に傾いてるんだよね」

「そうなんだ」

「うん。その歳の子たちを相手にするのって、やり甲斐はありそうじゃない」

「大変は大変だろうけどね」

「確かに。自分が中学生のころは、わけわかんなかったもんね。変な基準で行動しちゃうし、恥ずかしいこともたくさんしたし」

「したの?」

「ちょっとは。でもそのときはほんとにわからないんだよね、その何が恥ずかしいのか。そういうのをうまく導いてやれたらな、とは思うよ。そういうことがもしできたら、自分も仕事をした気になれるだろうし。といって、理想を高くしすぎるとつぶれちゃうから、そこは気をつけなきゃいけないけど。それは母親も言ってたよ。自分がまだ中学生のころに訊いてみたことがあるんだよね。熱血教師みたいな人はまだいるのかって。おれが通ってた中学にはいなかったから」

「お母さん、何て?」

「いないって」

「はっきりそう言ったの?」

「言った。ただ、熱意がないわけではないんだって。えーと、何だっけな、人によって熱意の度合とそれが向かうポイントがちがうとか、そんなようなことだったかな。まあ、そうだよね。あからさまに熱意を見せる先生なんて、職員室でも煙たがられるだろうし」

「先生には先生の世界があるはずだもんね。生徒には生徒の世界があるみたいに」

「そう。それ。母親もそんなことを言ってた」

「お父さんは?」

「父親は、あんまりそういう話をしなかったな。おれも訊かなかったし」

「教師になれとか、言われてないんだ?」

「それはなかったね、まったく」

教職関係の話はそのぐらい。あとは、こんな話をしたのも覚えている。

わたしが訊いてもいないのに、野中くんは言った。

「おれさ、ほんとはカレーライスとうどんを食べたかったんだよね。でもそれ一つじゃ足りないなと思って。そうだ、カレーうどんとうどんを頼めばいいんだと。でもやってみたら、やっぱりカレーうどんを食べた気にはならないわ。交互に食べてもダメ。二つは別々。失敗した。だったらカレーうどんとドライカレーにすればよかった」

「カレーにカレー?」

「うん。そういうのは気にならないんだよね。昼はカレー、夜もカレー、でもかまわないほうだし。ほら、母親も教師で普通に働いてたから、子どものころからそういうことも多くてさ」

「カレーは手軽だもんね」

「そう。つくったのを冷やしといてもいいし、レトルトでもいい。ウチのカレー率はよその家より高かっただろうな。さすがに日曜までカレーが出てくると、何故だ、と思ったけどね。先生も今日は休みじゃんて」

そのあとは、確かレトルトカレーの話になって、カノジョの話になった。野中くんのカノジョの話だ。正確には、元カノジョ。

その子はレトルトカレーを一度も食べたことがなかったらしい。だから、レトルトカレーはどこのが好きか、という話になったときにまったく盛り上がらなかった。野中くんがその話を持ちだした時点で即終了。それはカップ麺についても同じ。一度もではなかったが、ほとんど食べたことがなかったという。

そんな具合で、野中くんとカノジョはことごとくすべてがちがっていた。野中くんはそのちがいを楽しむことができた。むしろ新鮮に感じたという。ただ、カノジョはそれを楽しむことができなかった。カレシとのちがいを受け入れられなかった。レトルトカレーの話とかもういいよ、になってしまったそうだ。

同じ大学の子ではない。教習所で会った子。同時期に入所したので、学科の授業でよく一緒になった。そして何となく話すようになり、一緒にカフェに行くようにもなり、付き合ったらしい。

「でもフラれちゃったよ」と野中くんは言った。「おれのほうが先に免許をとって卒業したんだけど。それでカノジョも卒業したからお祝でもしようと思ったら、切りだされた。お祝はしてくれなくていい、別れたいって」

「いきなり?」

「いきなり。まさかだったよ」

「理由は? まさかレトルトカレーのせい?」

「そういうのも少しはあるだろうけど。ほかに好きな人がいたっぽい。いたというよりは、できたのかな、教習所で」

「それも教習所で?」

「うん。おれが卒業したあとに入ってきたのかその前からいたのかは知らないけど。どうもそういうことみたい」

「はっきりそうは言ってないの？」

「言ったことは言ったか、気になる人ができたって」

「それで、別れたんだ？」

「うん。そうなったらもうしかたないよね。そっちよりおれを好きになれ、とは言えないし。言ったところで無理だし」

「うーん」

わからない。その子は初めから野中くんに対してそこまで本気ではなかったのかもしれない。だから都合よく乗り換えた可能性もある。平気でそういうことをする人もいる。男子にも女子にも。

「お祝って、何をするつもりだったの？」と訊いてみた。

「二人で映画を観に行こうと思ってた。カノジョは映画が好きだから。結構いろいろ観てるみたいで」

「そうなんだ」

「だからさ、もう前売券を買っちゃったんだよね。二枚。そしたらまさかの別れ」

「それは、言ったの？　前売券を買ったって」

「言ってない。約束したわけじゃないから、押しつけがましいと思って」

「押しつけがましくはないと思うけど」

「でも無理でしょ。それで、映画には行く、となるわけないし」

どうだろう。なっていた可能性も、なくはない。タダで映画を観られるなら別れる相手とでも行く。そういう子もいる。やはり男子にも女子にも。

「その券をカノジョにあげちゃおうかとも思ったんだよね」

「それは、変でしょ」

「うん。変。そうしたら、おれが前売券を買ってたことがバレちゃうもんね」

「そういう意味ではなくて、変だよ。野中くんがそこまでしてあげることはないよ。自分で観ればいいじゃない。誰か友だちを誘って行きなよ」

「男同士で観る映画でもないんだよなぁ」

「ちなみに、何ていう映画？」

「『夜、街の隙間』」

「知らない」

「おれも。タイトルがいいなと思って、予備知識なしで買っちゃった。ほら、スニークプレヴューっていうの？　覆面試写会。あんなつもりで観ようかと。まあ、タイトルを知ってるからちっとも覆面じゃないんだけど。ミニシアター系のものを観てみたいって気持ちも、ちょっとあったんだよね。これまで観たことないから」

「ミニシアター系、なんだ？」

「たぶん。もうタイトルからしてそうでしょ。映画館自体がそういうとこだし」

「洋画？」

「邦画。さすがにフラれてからはちょっと調べたんだけど。そこそこ評価されてる監督のやつらしいよ」

「何ていう人？」

「スエナガ何とか」

「やっぱり知らない」

「おれもそこまで。下の名前は忘れた。評価はされてるけど有名ではないんでしょ。まあ、券があるから行こうとは思ってたの。でも行かないままズルズルきちゃって。もう行かないよ。今日が最終日だし」

「券、無駄になっちゃうじゃない」

「なっちゃうけど、しかたないかな。これでほんとにカノジョとは終了ってことで、あきらめるよ」と言ってから、野中くんは続けた。「あ、そうだ。山下さん、行く？」

「え？」

「もし行けるなら、あげるよ。捨てちゃうのは、確かにもったいないし」

「いや、それは」

「二枚ともあげるから、誰かと行けば？」

「行ける人は、いないよ」

「今日の今日、だもんね。もうちょっと早く言えばよかったな。って、言えるわけないか。今ここで会ったから言ってるんだし」

野中くんはカレーライスを食べて、うどんを食べた。やはり交互。カレーうどんにまだ未練があるらしい。

と思っていたら、いきなり言った。

「もしよかったらさ、行かない？」

「ん？」

「一緒に」

「あぁ」

「一緒に行くのは変か」

『夜、街の隙間』。そのタイトルにはわたしも少し惹かれていた。あとは、ミニシアターというところにも。

映画を一人で観に行くようになってはいたが、ミニシアターに行ったことはまだなかったのだ。だからちょうどいい機会であるように思えた。思えたら、俄然(がぜん)、行ってみたくもなった。

「やっぱり、野中くんが友だちと行けばいいんじゃない？　でなきゃ、カノジョとはそれで完全に終了っていう意味で、一人で行くとか」

「カノジョと二人で観るはずだった映画を一人で観るっていうのもなぁ」

「無関係な相手と観るならいいの？」

「一人で観るよりは。って、それは失礼か。ごめん」

「失礼ではないけど」

「だから、もしあれだったら、山下さんが一人で行ってくれてもいいし。もちろん、券は二枚あげるけど」

考えた。

わたしにとって何一つ悪いことはないような気がした。野中くんの今のこれはいいな、と思った。口にした言葉が、気持ちをそのまま伝えていた。下心など、あるはずがないのだ。わたしたちは学食でたまたま近くに座っただけ。しかもわたしがあとから来た。野中くんがそれを予想できたはずもない。

「行く」とわたしは自分から言った。

「あ、ほんと？　じゃあ、券を渡すよ」

「そうじゃなくて。野中くんと行く。わたしも、ミニシアターに行ってみたい。その映画も観たい」

「おれと一緒で、いいの？」

「野中くんがよければ」

「おれはいいよ。自分で言いだしたんだし」

「お金はちゃんと払うよ」

「いや、いいよ。それじゃ意味がない。おれが押売りしたことになっちゃう。ただ、山下さん、このあとの授業は？」

「四限があるけど、サボる。出席はとらないし」

「だいじょうぶ？」

「うん。これが初サボり。でも映画優先」

「バイトは？」

「今日はなし。ツイてた。野中くんは、いいの？」

「うん。出席はとる授業だけど、サボる。おれも映画優先。最終日だし」

ということで、野中くんと二人、『夜、街の隙間』を観に行くことになった。

そのときで、時刻は午後二時すぎぐらい。映画はだいたい午前十一時前後に初回の上映が始まり、午後七時前後に最終回の上映が始まる。そこから当たりをつけ、三回めを観ることにした。今日とほぼ同じ時間帯だ。だからそのあとも学食で一時間以上ゆっくりして、わたしたちは大学を出た。

大学があるのは文京区。そこから銀座まではすぐだ。地下鉄で五駅。どこかで乗り換えて銀座駅まで行ったりはせず、一本で行ける日比谷駅で降り、そこからは映画館まで歩いた。

それでも十分ぐらい。映画館で上映時間を確認すると、三回めまではまだ間があったので、そのまま銀座を少し歩くことにした。まさに銀ぶら。映画館から離れすぎないよう、近辺をぶらぶらした。銀座一丁目から四丁目まで、通りを替えて行ったり来たり。

まさか野中くんとこんなことをするとは。そう思い、不思議な気分になった。一時間あれば、カフェにでも入っていただろう。だがそこまでの時間はなかった。だから歩いた。その偶然的な必然もよかった。

上映開始の二十分前にわたしたちは映画館に戻った。野中くんが窓口で前売券を見せた。中にいた三十代ぐらいの女性がマイクを通して言った。

「チケットをお持ちでしたら、そのまま入口へどうぞ」

「この映画、お客さんは入ってるんですか？」と野中くんが尋ねた。

「入ってますね」と女性は笑顔で答えた。「今日は最終日ですし、いつもより多いかもしれません」

ちょうど前の回が終わり、お客さんが入れ替わるタイミングだった。わたしたちは観やすそうな真ん中あたりの席に座った。お客さんは、あとから結構来た。満席にはならなかったが、七割ぐらいの入りにはなった。最終日ということで、リピーターの人たちもいたのかもしれない。

「五分遅かったらこの席はとれなかったね」とわたしが言い、

「散歩してたせいで席がとれなかったら泣きだね」と野中くんが言った。

そして時間になり、『夜、街の隙間』の上映が始まった。

銀座四丁目交差点の角にある和光。その大時計の針が十時十分を指していた。

わたしたちがほんの数分前に歩いた場所。それだけで、おぉっと思った。おぉっと隣で野中くんが小声で言うのが聞こえ、少し笑った。

カノジョにフラれたあとに野中くんが調べたので、映画の舞台が銀座であることは知っていた。

舞台はもう、まさに銀座だった。ほぼ銀座のみ。あとは日比谷公園。そしてたまにタクシーが銀座から出るぐらい。出てもまたすぐに銀座に戻った。

観ているうちに、それが一夜の出来事を描く映画であることがわかった。その一夜を銀座で過ごす、というか明かす人たちの物語だ。出来事、というほどの出来事は起きない。男女八人と警官と野良猫。その九人と一匹が銀座のどこかや日比谷公園ですれちがう。場合によっては、少しだけ接触する。

ずっと夜だから、スクリーンもずっと暗い。屋根がある場所でも、そこはタクシーの中だったりバーの中だったりする。やはり暗い。時季は夏。登場人物のほとんどが半袖を着ていたし、セリフにも暑いという言葉が出てきた。

四組の男女のうちの一組、溝部純孝と早川れみは、野中くんとわたしがしたように、銀座の街を歩いた。まさに行ったり来たりした。行ったり来たりの向きまでもが同じだったので、すぐに気づいた。深夜だとこう見えるのか、と思った。

映画館から出ると、空はもう暗かった。

午後七時前。飲みに行く？　とはならなかった。理由は簡単。わたしたちがまだ未成年だったからだ。

未成年のうちからお酒を飲んでいる子は周りにたくさんいた。大学のサークルの新歓コンパで一年生がお酒を飲むのも当たり前だった。今もそれはあるだろう。だが大っぴらにはやれないはずだ。わたしも、教師という立場上、それを認めるわけにはいかない。

飲みに行く？　とはならなかったが、何か食べていく？　ということにはなった。そこは銀座。高いお店が多そうだったが、わたしたち学生にはファストフード店という強い味方がいた。それなら銀座にもある。

ということで、確かここにあるはず、と野中くんが言うそこに行った。ウェンディーズ。銀座一丁目の角にあった店だ。今はもうない。

そこはガラス張り。わたしたちは外の通りに面したカウンター席に座った。『夜、街の隙間』を観終えたばかりだからか、夜の銀座を眺めたかったのだ。

ハンバーガーはわたしがおごろうとしたが、野中くんはそうさせてくれなかった。付き合わせたんだからここもおれがおごりたいくらいだよ、と言った。でもまだバイトしてないから、それは勘弁ね。

セットメニューのハンバーガーを食べながら、映画のことを話した。

「すごくおもしろかった」とわたしは言った。

「おれも。観てよかった。初めは正直よくわからなくて、これ、だいじょうぶか？　と思ったけど、三十分後にはもう、観てよかったと思ってたよ」

「おもしろいって簡単に言っちゃったけど、ただおもしろいっていうのとはちょっとちがうかもね」

「うん。何ていうか、愛しいよね、映画そのものが」

「そう。それ」

「愛しいなんて初めて言ったよ。ちょっと恥ずかしい」

「強引に誘って、カノジョと観ればよかったんじゃない？」

「いやぁ。それは無理だったな」

「どうして？」

「カノジョは、あれをいい映画だとは思わないと思うよ。だって、ほら、おれがいいと思っちゃってるから。すべてにおいてカノジョとは感覚がちがうおれが」

「レトルトカレーを知らないカノジョならいい映画だと思いそうな気もするけど」

「どうだろう。カノジョには合わないんじゃないかな。たぶん、あれを愛しいと思う感覚はカノジョにはないよ。もし一緒に観てたら、それが理由で別れてたかもね。この映画を好きになれない人ならいいやと、おれのほうが思って」

外の通りを人々が行き来していた。同じ夜でも、『夜、街の隙間』の夜よりはまだずっと早い時間だ。

「夜が明けてさ」と野中くんは言った。「映画のあの人たちは、どうなるんだろうね」

「うん。どうなるんだろう」

「別にどうにもならないのかな。そもそも、大したことは起きてないし」

「でもわからないよね。あの夜のことがあとで何か影響したりはするかもしれない。自分では意識してなかった小さいことが実は響いてたっていうのは、あるような気がする」

「あぁ。それもそうだね。過去の何がどう響いて今になってるかなんて、自分でもわからないもんな。大学受験の失敗より、友だちに何気なく言われた一言のほうで落ちこんだりもするし。なのに、これまでで一番落ちこんだことは何ですか？　って訊かれると、大学受験の失敗かなぁ、なんて答えちゃったりするんだよね。答として適切っぽいから」

「ぽいね」

「そう答えてるときは、たぶん、自分でもそうだと思ってるし」

「うん。思ってそう」

「そう考えれば、今日のこれだって未来に影響するかもしれないよね」

「今日のこれって？」

「山下さんとおれが一緒に映画を観たこと」

「あぁ」

「例えば、これが縁でこの先おれらが結婚したりするかもしれないし」

「結婚！」

「って、もちろん、冗談だけど。そういう可能性だって、ないとは言えないわけじゃない」

「言えない、かなぁ」

「言えるか」

「わかんないけど」

　野中くんが遠まわしに誘ってきたわけではない。それはわかっていた。だからそんなふうに話せた。まず、この同行自体がそうなのだ。わたしたちはたまたま学食のあの席に居合わせただけ。

その前提があるから、かまえずに同行できた。

実際、その後も野中くんとは何もなかった。電話番号の交換ぐらいはしたが、お互い、かけることはなかった。まだどちらも携帯電話を持っていなかったのだ。さすがに、わたしたち程度の関係で、用もないのに実家に電話をかけたりはしない。

学内で会えばあいさつはした。映画を観る前とちがい、大教室での授業で隣の席に座るぐらいにはなった。クラスはちがうが友だちにはなった、という程度の認識。それはわたしだけでなく、野中くんも同じだったはずだ。

映画はジャズクラブのシーンに戻っている。

サックス奏者がソロを終えると、クァルテットがテーマを演奏し、曲は終わる。

客席から拍手が起こる。並木優子も拍手をする。そこでやっと、カクテルを一口飲む。

ステージでは、ベーシスト須田登がサックス奏者を呼び寄せ、何やら耳打ちする。

サックス奏者はうなずき、客席に向けて言う。

「えーと、じゃあ、これからやる曲はそちらの女性に」

そちらの女性。テーブル席の並木優子だ。

サックス奏者がいきなり演奏を始める。

♪ハッピーバースデートゥー♪　のあたりまでメロディを吹いたところで、あぁ、そういうことね、とばかりにピアニストとドラマーが合わせる。

クァルテットはメロディとテンポをかなり崩したジャズ的な『ハッピーバースデートゥーユ

ー』を演奏する。須田登が、カノジョである並木優子にその曲を贈ったのだ。今日が誕生日だから。

そしてタクシーの中のシーンへと変わる。

ドライバーは中年の男性。後部座席に一人で座っているお客はスーツ姿の戸倉有彦だ。このとき三十歳ぐらい。クァルテットの『ハッピーバースデートゥーユー』はこのシーンでも流れている。それ自体が映画の音楽のようになっている。

しばらくは無言。

そのまま次のシーンに行くのかと思いきや、戸倉有彦が言う。

「運転手さんさ」

「はい」

「おれ、今日、誕生日なんだよね」

「それは、おめでとうございます」

「おめでとう、か。誕生日がめでたいなんて、誰が決めたんだろうね。死に近づいていくのはめでたいことなのかな。それとも、ここまで生き延びたことに対してのおめでとうなのかな」

ドライバーはバックミラーに映った戸倉有彦をチラッと見る。

戸倉有彦はサイドウインドウの外をぼんやり見ている。そこは銀座だ。よく見ればわかる。狭い中通りを、タクシーはゆっくりと走っている。

そしてジャズクラブのシーンに戻る。

『ハッピーバースデートゥーユー』の演奏は終わる。

拍手をしたお客たちにサックス奏者が言う。

「どうも。それじゃあ、ここでちょっと休憩を頂きます。また三十分後に」

クァルテットのメンバーはステージから去る。わきの控室に入っていく。

須田登だけが客席に向かう。並木優子のテーブル席に行き、隣のイスに座る。

「悪い。プレゼント、もう少し待ってくれな。リハーサルだ何だで買う暇がなかったんだよ」

「いいわ、別に」

「怒るなよ」

「怒ってないわよ」

「埋め合わせはするから」

「ほんとにいいのよ」

ウェイターがグラスのビールを須田登の前に置く。

「ありがと」と言い、須田登はそのビールを一口飲む。

「飲んじゃっていいの?」

「一杯ならいい。と、自分でそう決めてる」

そして爆弾が落とされる。

「わたし、大阪に行くわ」

「ん?」

「仕事」

「あぁ。出張、か?」

「転勤、ね」

「え?」

並木優子はハンドバッグからカギを取りだして須田登の前に置く。おそらくは部屋の合カギだ。

「一年前に向こうに行った部長が、今よりはいいポストを用意するから来ないかって言ってくれたの。まだ内々の話だけど。強制じゃなく、わたしにその気があればって。今のままでいるか、向こうでランクを上げるか。わたし、決めた。行くことにした」

「そんなの、聞いてないぞ」

「だから今言ってるのよ」

須田登は愕然(がくぜん)とする。

そこでシーンは変わる。

銀座のクラブ街だ。両側のビルにいくつものクラブの看板が光っている通り。

白いハンカチでハタハタと顔を扇ぎながら、石崎育代がゆっくりと歩いている。ビルに入りしな、ふと足を止め、空を見る。そこには月がある。レモンのような形をくっきりと浮かび上がらせた銀座の月だ。

またシーンは変わる。

今度は薄暮亭があるビルの出入口。ハッピにジーンズの溝部純孝が、たばこを吸いながら、同じ月を見ている。

狭い階段を上り、私服姿の早川れみが出てくる。和どりでの今日の仕事を終えたのだ。

「おつかれさま。お先に」と早川れみが言い、

「おつかれさまでした」と溝部純孝が返す。

溝部純孝の前を通りすぎる早川れみ。映像が一瞬スローになる。

早川れみの後ろ姿に溝部純孝が言う。そう大きくはない声で。聞こえないならそれでもいい、という感じに。

「今度、飲みにでも行きましょうか」

早川れみは振り向き、立ち止まる。

「え？」

「いえ、すいません。忘れてください。何となくそんなことを言ってみたくなっただけなんで」

いくらかためらいつつ、早川れみは言う。

「飲みには、行きたい。でも考えてみると、わたしたちって、お互い名前も知らないのよね」

「あぁ。そうですね。ここ三、四年、ずっと隣同士で働いてて、ほとんど毎日顔を合わせてるのに、僕らはお互い名前さえ知らないんですね。おかしなとこだな、東京って。それでどうにかやっていけちゃうんだから」

「知り合って何年も経つのに名前すら訊いてこなかった人は初めて。ほら、男の人って、すぐ訊きたがるから。名前は？　とか、どこに住んでるの？　とか」

「何なら、そんなふうにやり直してもいいですけど」

「そしたらわたし、これを見せちゃう」

早川れみは、右手の親指と人差し指で左手薬指のリングを揺すってみせる。

「それは」

「そう。結婚指輪。でも誤解しないでね。うそなの、これ。こうしてると、例えばお店のお客さんに言い寄られたときなんかに都合いいから。わたしって、結構さびしい人間なの」

「さびしいのもそう悪いもんじゃないですよ。こう、いろいろなことを考え合わせてみると」

「このリングに、気づいてなかった？」

「気づいてませんでした。あまり意識しなかったので」

「それもショック」

「すいません。そういう意味じゃなく。わざわざ指輪を見たりはしなかった、という意味です」

そこで、立っている早川れみとしゃがんでいる溝部純孝の前を、野良猫が悠々と歩いていく。日比谷公園で洋画家の滝口太造が語りかけていたあの猫だ。

たばこの煙をゆっくりと吐き出して、溝部純孝が言う。

「まあ、それはともかくとして。休み明けの月曜にでも、まずは名前を教え合うことにしますか」

「そうね。楽しみにしてる。じゃあ、おやすみなさい」

早川れみは歩き去る。

溝部純孝は立ち上がり、くわえたばこのまま、薄暮亭の看板を手に階段を下りていく。

思いだす。

映画を観たあとのウェンディーズで、そのシーンがとてもよかったと野中くんは言った。

「溝部純孝の、つい声をかけちゃったあの感じ、すごくよくわかるよ。声をかけちゃったというか、声が出ちゃったんだろうな」

対して、わたしは確かこんなことを言った。

「わたしも、早川れみの、つい結婚指輪を見せちゃったあの感じ、すごくよくわかる。いつもしてることをあそこでしないのもいやだったんだろうね」

大学を卒業すると、わたしは中学校の国語教師になった。野中くんも同じだ。わたしも野中くんも、東京都の教員採用試験には、幸い、一度で受かった。わたしたちが同じ中学校に勤めたことはない。だが教師になってからも、研修などで顔は合わせた。同い歳で同じ国語教師だから、同じ研修に参加することもあるのだ。だから、毎年とは言わないまでも、何年かに一度は会っていた。

もうそこで映画の話をすることはなかったが、仕事の話はした。学校や授業や教師や生徒の話だ。どんな教材をつかっているとか、どんな生徒がいるとか。いつも立ち話程度だから、突っこんだところまではいかない。場合によっては、あいさつだけで、立ち話すらできないこともあった。

そして二日前。午後九時半すぎ。久しぶりに野中くんから電話があった。

携帯電話を持つようになってから、番号を交換してもいたのだ。といっても、実際にかけることはまずない。研修絡みの事務連絡で二度ほどわたしからかけたことがあるだけ。

だから、スマホの画面に、野中正利、と表示されて驚いた。え？　野中くん？　とつぶやいてから、電話に出た。

「もしもし」

「もしもし。山下さん？」

「うん」

「夜遅くにごめん。今ちょっとだいじょうぶ？」

「だいじょうぶ。まだそんなに遅くないよ」

「じゃあ、えーと、久しぶり」

「久しぶり」

本当に久しぶりだった。ここ何年かは顔を合わせていなかった。お互いに歳をとり、参加する研修も若いころよりは減ったから。

「いきなりで驚いたでしょ。ごめん」

「驚きはしたけど、いいよ。どうしたの？」

「いや、あのさ、これは山下さんに知らせておこうと思って」

「何？」

「『夜、街の隙間』、覚えてる？」

「あぁ。映画」

「そう。おれらが一緒に観たあれ」

「うん。覚えてる」

「あれがさ、今またやってるんだよ。銀座のあの映画館で」

「そうなの？」

「そう。今観てきた。何か、監督が亡くなったらしいんだよね」

「えーと、末永何とかさん？」

「静男。末永静男。それで追悼上映をすることになったみたいで。映画のサイトを見てたらそう出てたんで、これは行かなきゃと思って。上映は一週間だっていうから、今日行ってきた」

「休みだったの？」

「いや。仕事は定時で切り上げて、夜の回。最終回。だからほんとに観終えたばかり」

「あぁ。それでこの時間」

「うん。初めは電話なんかするつもりはなかったんだけど、映画を観てるうちにいろいろ思いだしちゃって。観終わったら、今上映してることを山下さんにも伝えておこうと思った。いや、別に観に行けってことじゃないんだけどさ、もしかしたら山下さんも観たいかなぁ、とも思って。ほら、ＤＶＤとかは出てないらしいから」

「そうみたいね。わたしも買おうと思ったことがあって、調べてみたんだけど、なかった」

「でしょ？　だからこの上映が実現したんだと思うんだよね」

「いつまでなの？　上映」

「木曜。今週の」

「えーと、あと三日」

「そう。だからちょっと厳しいだろうけど、伝えてはおきたくて」

「木曜までかぁ。確かに観たいけどね」

「無理？」

「うーん」

『夜、街の隙間』。銀座。あの映画館。野中くん。

わたしは言った。

「どうにかする。やっぱり観たい」

「おれもその感じだったよ。一週間だと知って、無理だよなぁ、と思ったけど、やっぱり観たくなって、がんばった。で、観たらやっぱり山下さんに伝えたくなった。もう遅いから電話するのはどうかとも思ったけど、メールだと観たあとのこの高揚が伝わらないような気もしたんで、電話」

「よかったよ、教えてもらえて」

「伝わった？　高揚」

「伝わった」

「だったらおれもよかった。映画もさ、やっぱりよかったよ。もう二十年は経ってるけど、新鮮だった。銀座の街もだいぶ変わってるはずなのに、画面が暗いからか、ほとんど気づかなかったし。今の映画だと思って観たら、最後まで気づかなかったかも。いや。俳優が今よりずっと若いから、それで気づくか」

「でも、主役級の人たちが出てるわけじゃないもんね」

「確かに。今の顔をもう知らない人もいるしね。とにかくよかったよ。観た直後は、もう一回観に来ようかと思った。仕事の都合でさすがに無理だけど」

「忙しいの?」

「まあ、そうだね。今の学校は、学期中でなくても忙しいよ。校長がまだ若くて、いろいろやる人だから。それはいいな、と思うことから、それはどうかな、と思うことまで。だから下は大変。悪く言えば、振りまわされる」

「よく言えば?」

「うーん」野中くんは電話の向こうで笑った。「よくは、言えないかな」

それを聞いてわたしも笑った。

本当にそうなのだ。

中学校学習指導要領という統一された基準はある。ほかに、生徒指導提要というのもある。どちらも文部科学省が示したものだ。ただ、現場を預かるのは個人。校長の考えで学校の方針も変わる。外から見ているだけではわからないが、中から見ればわかる程度には変わる。無理を言う校長も、いないではない。いや、言い直す。結構いる。

基本的に校長は無理を言うものだと教師は思っている。それは必ずしも否定的な意味ではない。立場がちがうのだからしかたない。ほとんどの教師はそう認識しているはずだ。そう認識していない人がたまに反旗を翻し、何だかおかしなことになる。周りの教師にしてみれば、むしろ面倒なのはそちらだったりする。

電話では、お互いの近況も少し話した。いや、少しでもない。そこそこ話してしまった。研修で最後に会ったとき、野中くんは練馬(ねりま)区の中学校にいた。今は中野区の中学校にいるという。

結婚したのは前から知っていた。いつだかの研修のときに聞いたのだ。相手は教師ではなかった。もちろん、大学生のときに付き合っていたレトルトカレーを知らないあのカノジョでもなかった。卒業後に再会して結婚したとかそういうことではないからね、と野中くん自身が言った。相手は、高校時代の友人の紹介で知り合った人らしい。

そしてその電話で、野中くんが離婚したことを知った。

「奥さんとはうまくいってる？」

わたしがそう訊くと、野中くんはあっさりこう答えた。

「別れちゃったよ」

「え？　あぁ、ごめんなさい」

「もう三年ぐらいになるかな」

「じゃあ、そんなに長くはなかったっていうこと？」

「うん。四年」

「お子さんは?」

「なし。できなかったというか、つくらなかったというか」

そのあたりはさすがに踏みこめなかった。わたし自身も、訊かれる前に言った。野中くんにそう聞いて少し言いやすくなったこともあって。

「わたしも別れた」

「え? そうなの?」

「もう四年かな。結婚してたのも四年」

「じゃあ、別れたのはおれより前だ」

「うん。会ったら言おうと思ってたけど。このところ、会わなかったもんね」

「そうだね。おれも、会ったら言おうと思ってた」

わたしたち程度の関係で、離婚したことをわざわざ電話で伝えたりはしない。研修で会ったときに言わなかったとしてもおかしくない。あとで知ったところで、隠していたとは思わない。

その電話でも、お互い細かなことは言わなかった。何が原因でそうなったとか、そこまでは明かさなかった。離婚したという事実をただ伝えただけ。あとは、教師が離婚するとめんどくさいね、というようなことを話した。

実際、面倒なのだ。その事実はほかの先生たちに知られるし、いずれ生徒にも知られる。そんな情報が伝わるのは早い。生徒たちの校内への携帯電話の持ちこみは原則禁止だが、校外での使用は自由。情報は一日で行き渡る。

野中くんは言った。

「離婚は結婚より大変て言うじゃない。自分がしてみて、それがよくわかったよ」

「わたしも。離婚しても、それでゼロになるだけだもんね。すっきりはするけど、ゴールしてやっとゼロ。いや、バツがつくことを考えればマイナスかも」

離婚した野中くん。今はレトルトカレーばかり食べているという。最近のものは大学時代のものよりさらにおいしくなっているという。『和のカレーやや辛』なるおすすめの銘柄も聞いた。わたしも一人。今度食べてみるね、と言った。

結婚相手とすべて合う必要はない。合わないこともあるほうがお互いに干渉しなくてすむ。わたしはそう思っていた。相手の行動にある程度無関心でいることも必要だろうと。

わたしと原島徹樹は、本当にすべてが合わなかった。今思えば、野中くんとレトルトカノジョのようなものだ。感覚がことごとくちがう二人。その二人が結婚したのがわたしたち、だったかもしれない。

結婚する前から趣味嗜好がちがうことはわかっていた。だがわたしはかつての野中くんのように、相手のそれを楽しめた。感覚は合わなくても気は合ったから受け入れることもできた。自分が知らない新しいものを取りこめ、夫婦としてうまく進んでいけるような気がした。初めは。

結婚は甘くなかった。そこには生活があった。会いたいときに会うだけ、というわけにはいかない。同じ家で寝起きし、同じ家で飲食するのだ。それが無期限で続く。

例えば朝ご飯。わたしはパン派で、徹樹はご飯派だった。それもやはり結婚する前からわかっていた。大したこととは思えなかった。どちらかが合わせるだろうと思っていた。どちらも合わせなかった。わたしは朝からご飯は食べられなかったし、徹樹はパンだともの足りなかった。

中学の教師は朝七時半には登校しなければいけないので、朝にご飯を炊くのはきつい。炊いて冷凍保存しておく、という案を出してみたが、徹樹はいやがった。温めたご飯はおいしくないと言うのだ。冷凍しておけばそんなことはないと言ってみたが、通じなかった。学生時代にアルバイトをしていた居酒屋で賄いとして出された温めご飯がどうにもマズくてトラウマになったのだという。

まさに臭いメシなんだよ、と徹樹は説明した。ただ冷やしておいたご飯を温め直しただけだからよ、とわたしは説明した。

実際に冷凍ご飯を解凍したものを出してもみた。が、徹樹は受けつけなかった。一口も食べず、ご飯を温めること自体がもうダメなんだよ、と言った。でもその居酒屋では食べてたんでしょ？そう言うと、こう言った。無理して食ってたんだよ。だからトラウマになった。

トラウマという言葉を安易につかうことに国語教師として少し苛ついたが、そこは我慢した。じゃあ、自分で炊いてよ、と言うと、徹樹はそれもいやがった。わたしもパンをご飯にすること自体は受け入れたのだから、そこから先はどうすることもできなかった。

結果、徹樹は毎日会社帰りにコンビニのおにぎりを買ってくるようになった。そのおにぎりを冷蔵庫に入れておくのだ。そして朝、電子レンジで少し温め、インスタントのみそ汁を飲みながら食べる。

その温めはだいじょうぶなの？　そう訊いたら、こう答えた。その温めはだいじょうぶなんだよ。

わけがわからなかった。本当に感覚がちがうのだと思った。さすがにそれに付き合う気はなかったので、わたしはわたしでトーストを食べた。一人だから、消費期限を考え、半斤入りのものを買わなければならない。割高になるのでバカらしかった。

と、まあ、それはあくまでも一例。わたしと徹樹はすべてがそんな具合だった。

お互い好きなようにした。確かに、過干渉にはならなかった。が、結婚前に思い描いていた状態とは少しちがった。いや、かなりちがった。そんなあれこれが、四年をかけて、読みもしない本のように数多く積み上がっていった。

理系の大学を出た徹樹は、ガス検知器や警報器を扱う会社に勤めていた。結婚したときは板橋区にある本社にいたが、四年後、横浜にある神奈川営業所に異動になった。

当時、わたしたちは新板橋のアパートに住んでいた。そこから徹樹の会社までは三十分もかからなかった。だが異動先の神奈川営業所までは、ドア・トゥ・ドアで一時間二十分。乗り継ぎも最低二回しなければならない。

それでも、通える。充分通勤圏内だ。そうであるにもかかわらず、もっと近いところへ引越したいと徹樹は言った。

わたしはそのとき、豊島区の中学校にいた。その前は葛飾区の中学校だったが、異動を機に新板橋に引越したのだ。そこなら徹樹の職場へもわたしの職場へも近いから。それでまた引越すというのは、わたしにしてみれば、わざわざ職場から遠くなる場所へ移るということ。徹樹は本気で言ってるのか、と一瞬思った。職場まで二時間かかってしまうならわからないでもない。が、一時間半もかからない。三十分かからずに通えたそれまでが近すぎたというだけの話なのだ。

公立中学校の教師だから都内だけだが、わたしにも異動はある。徹樹にしても、それで終わりではない。また次もあるだろう。それぞれの異動が交互に来たりもするだろう。そのたびに引越すわけにはいかない。わたしのほうが遠くなる可能性だってあるのだ。そうなったら我慢するつもりでいる。一時間半程度の通勤がいやだから引越そうと言ったりはしない。

強い口調にならないよう気をつけて、そう言ってみた。

伝わらなかった。

おれは遠くてもいいわけ？　と徹樹は言った。

そこまで理屈が通じない人だったのか、と驚いた。もう一緒にいる必要はないかもな、と思った。その場で、やはりそう言ってしまった。徹樹の異動まで、時間の猶予はなかったから。

確かにそうかもな、と徹樹は言った。やや間を置いて、こう続けた。おれ、一人で引越すわ。別れる、ということよね？　わたしは、一応、そう確認した。徹樹は言った。ああ。

そこでそれを確認しなければならない夫婦。うまくいくわけがない。

離婚はすんなり成立した。まさに円満。慰謝料も財産分与もなかった。子どもがいないのは幸いだった。持たないと決めていたわけではない。先延ばしにしていただけ。正直に言えば。徹樹と子どもをつくってだいじょうぶか？　との思いが芽生えてもいた。だからもう一歩踏みこめずにいたのだ。

　映画はジャズクラブのシーンに戻る。

　テーブル席で、須田登と並木優子が話している。

「そりゃ、五〇年代のニューヨークみたいなわけにはいかないよ。ジャズで金を儲けてるやつは一人もいないし、クラブの仕事だって数えるほどしかない。でもさ、だからこそ、小中学生のためのジャズコンサート、なんて仕事も受けて、安いギャラであちこち行かされるのも我慢してるんだろ？」

「経済的なことだけを言ってるんじゃないの。わたしたち、先のことについてもう少し早いうちに考えなきゃいけなかったんだと思う」

「これまではうまくやってきたよ」

「これからもうまくやっていく自信はないのよ。うまくやってこられたのは、いろいろなものをあとまわしにしてきたから。ちがう？」

　須田登は答えない。答えられない。

「わかってる？　あなた、もう四十よ」と並木優子が言い、

「まだ四十だよ。ジャズの世界では若造もいいとこだ。これからだよ」と須田登が言う。

「あなたはそれでいいかもしれないけど、わたしはそんな世界で生きてるわけじゃないの。もう三十六よ。のんきにハッピーバースデーなんて言ってられる歳じゃないわ」

「すでに相手がいるとか、そういうことか？」

「何？」

「もう誰か別の相手がいるのか？」

「つまらないこと言うわね」

「どうなんだよ」

「そんなんじゃない」

「お前を誘ったその部長とかってやつが」

「部長は女よ」

それを聞き、須田登は押し黙る。

「あとのことなんか何も決まってない。ただ別れる。一度、すべて洗い流したいのよ」

「洗い流す、か。おれはお前に染みついた汚れってわけだ」

並木優子はため息をついて言う。

「子どもみたいなこと言わないでよ」

そしてタクシーの中のシーン。

車は相変わらず銀座を走っている。

中年ドライバーは前を見ている。戸倉有彦は横を見ている。

会話はない。だがしばらくして戸倉有彦が言う。

「ねぇ、運転手さんは、たばこ吸う？」

「ええ。まあ」

「じゃあ、吸ってくれないかな」

「え？」

「いやなんだよ、気をつかわれたりするのが。たとえこっちが客であろうとね」

「でも、運転中は吸わないことにしてますから」

「吸いたくない？」

「ええ。別に」

「そうか。気をつかって言ってくれてるんじゃないね？」

「ちがいますよ」

「ならいいんだ」

バックミラーに映る中年ドライバーの顔。それがアップになる。苦々しい表情がはっきりと浮かんでいる。セリフを付けるならこうだろう。何なんだ、こいつ。

そしてシーンは変わり、地下鉄銀座駅。ホームだ。

さっき溝部純孝と別れた早川れみがぼんやりと立ち、電車の到着を待っている。

「ねぇ、これ」

不意に話しかけられ、早川れみは驚く。

二十代らしきスーツ姿の男性がハンカチを差しだしている。

「君のじゃない？」

「あぁ。そうです。すみません」

早川れみはハンカチを受けとる。

が、男性は去らない。隣に並び、こう尋ねる。

「一人？」

「え？」

「そりゃ一人だよね。見ればわかるか」

「何ですか？」

「さっきまで軽く飲んでたんだけどさ、ちょっと飲み足りないなぁ、と思って。せっかく金曜だし、開いてる店もあるから、もしよかったら一緒に」

「よくないです。わたし結婚してます」と早川れみは左手薬指のリングを見せる。

が、この手の男性には利かない。

「そう。でも関係ないよ。結婚してたって恋愛は自由だしさ。そもそも一人の男に縛られるなんて」

早川れみは最後まで言葉を聞かない。

「ごめんなさい。とにかくわたし、一人じゃないですから」

そう言って、歩きだす。

ホームに電車が入ってくる。

早川れみの目は潤む。

そして日比谷公園のシーン。

木々の合間を縫う遊歩道。夜が路面にまで降りてきているような暗がりだ。

滝口太造がふらつきながら歩いてくる。ふと立ち止まり、植込みを見つめる。

そこでは一人の男性がじっと身を潜めている。上も下も黒。黒ずくめの男性だ。

滝口太造は声をかける。

「どうしました?」

反応はない。

「だいじょうぶ?」

男性は素早く起き上がり、周囲を気にしながら滝口太造に詰め寄る。押し殺した声で言う。

「うるせえな。邪魔すんじゃねえ」

「邪魔? 別にそんなつもりは。倒れてるみたいに見えたから」

「うせろよ」

滝口太造はようやく事情を理解する。

「あ、そうか。君はもしかして」

そう。男性は覗(のぞ)きなのだ。

覗きは滝口太造の顔をいきなり殴る。容赦せずに、鼻のあたりを拳で。

ただでさえ高齢。酔ってもいる。滝口太造はよろめいて倒れこむ。

「何? ねぇ、何か音がしたよ」という女性の声に、

「誰かいる」という男性の声が続く。

覗きは逃走し、姿を消す。

滝口太造は手で鼻を押さえ、ゆっくりと立ち上がる。

植込みをまわり、カップルがやってくる。

男性が滝口太造に言う。

「おい。何やってんだよ」

そしてジャズクラブのシーン。

テーブル席に須田登と並木優子が座っている。ともに黙っている。それぞれ、飲みものには手を出さない。

須田登がぽつりと言う。

「何も、こんな場所で言いださなくてもいいだろ」

「こんな場所のほうがいいと思ったのよ」並木優子は続ける。「ニューヨークの、何年代って言った?」

「五〇年代」

「そういう時代って、そういうジャズにとっていい時代って、また来るの?」

「来るよ。一人の天才が現れれば」

「天才?」

「ああ。ただし、そんじょそこらに転がってるような天才じゃダメだ。バードに迫るぐらいの才能がないと」

「バードって?」

「パーカーだよ。チャーリー・パーカー」

「あぁ。たまに話に出てくる人」

「そんなやつが現れさえすれば、状況はあっという間に変わる。まちがいない。そうすれば、ジャズの持つうねりがまた見えてくるはずだよ」

「そんな人が現れなかったら?」

並木優子にそう訊かれ、須田登はためらわずにこう答える。

「別に変わらないよ。それでもおれは演奏を続ける」

クァルテットのピアニストが二人のテーブル席のわきを通る。

「須田。時間」

「ああ」

須田登はグラスのビールを飲み干して立ち上がる。

「おれたちは、もう終わったってわけだな?」

「そうね」と並木優子が言う。

そんなふうにして、二人は別れる。あっさりしているようなしていないような、そんな別れだ。

この二人の出会いのシーンも見てみたかったな、と思う。

あらためて、野中くんとの出会いを思いだす。

厳密に言うと、出会いは教職ガイダンスでだが、やはり本当の出会いはあの学食でだった。そのあとの半日で、わたしは野中くんのことをある程度正確に理解した。そしてその半日で、高校ではなく中学、と決めた。決め手になったのは、野中くんの言葉だ。

その歳の子たちを相手にするのって、やり甲斐はありそうじゃない。

この映画のこと。学校のこと。中学生の相手をするのは確かにやり甲斐があること。そんなようなことを、野中くんと話せたらいい。就職。結婚。離婚。お互いにひととおりのことを経験した野中くんとなら、すんなり話せそうな気がする。二十一年前ですらそうだったように。

野中くんが冗談で口にした言葉も思いだす。

これが縁でこの先おれらが結婚したりするかもしれないし。

暗い映画館の中で、わたしは笑う。

そういうことだって、なくはないかもしれない。

断章　丸の内

「末永。明日だよな？　大阪」

「そうですね」

「朝イチの新幹線？」

「朝イチでもないです。六時半ののぞみ、ですかね。会議は十時からなので」

「そうか。まあ、せいぜい遊んでこいよ」

「遊ぶ時間なんてないですよ。会議のあとも予定はキッチキチです。そのための資料もつくんなきゃいけなかったですし。それが今やっと終わったとこですよ」

「でもあさっては定時に終われるんだろ？」

「それはそうみたいですけど」

「ならキャバクラでも行ってこいよ」

「行きませんよ」

「楽しそうじゃん。大阪のキャバクラ」

「金曜も泊まるなら宿代は自己負担ですからね、すぐに帰りますよ」

「もったいない」

「じゃあ、課長が代わりに行ってくださいよ」

「それは無理だよ。ぜひ末永くんをという、あちらからのご指名なんだから」

「こないだも言ってましたけど。それ、ほんとですか？」

「ほんとだよ。有名女優の息子に会ってみたいんだろ」

明日木曜からは一泊二日の出張。人事交流で、大阪支店に行くのだ。名目は大阪市場の視察。

一応、大阪取引所も見る。取引所なんて、今さら見てどうなるものでもないが。

まず、この交流自体にさほど意味はない。会社としての一体感を高めるとか、その程度。極端なことを言えば、誰が行ってもいいのだ。

だからこそ海老沼（えびぬま）課長も言うように、今回は土門道恵の息子を呼ぼう、となったのかもしれない。あくまでも勝手な推測。根拠はない。だがあり得ないことでもない。会社の決定なんて、案外いい加減なものだったりするのだ。

僕自身、こんなことには慣れている。何せ、昔からずっとそうだから。

女優の息子に生まれると、いろいろ面倒なこともある。

例えば、望んでもいないのに幼稚園のお遊戯会で劇の主役をやらされたりする。

毎回ではないが、やらされるときはやらされる。僕は二回やったはずだ。はっきりした記憶はないが、母がそう言っていた。一回は王子様で、一回は妖精だったと。

幼稚園の先生も大変だったと思う。僕に主役をやらせたらやらせたで、女優の息子だからってひいきして、と保護者から言われるだろうし、やらせなかったらやらせなかったで、見たかったのに何で？　と言われるだろうから。

その、女優の息子だから劇では主役パターン、は小学校の低学年くらいまで続いた。

幼稚園児のときは、わけもわからず先生の言うとおりにやらされるだけだった。

が、小学生にもなると、自分に演技の才能がないことは何となくわかっていた。それなのに演技をさせられるのは、もう、苦痛でしかなかった。

世の中には、舞台に立てる人と立てない人がいるのだ。俳優の子どもでも立てない人はいる。無理に立たされている二世の人たちを見ると居たたまれなくなる。本人が希望したのかもしれないが、希望することを親に期待されてはいただろうから。

幸い、僕は期待されなかった。母は、期待するどころか、僕をそちらの世界から徹底的に遠ざけた。

映画監督と女優の息子さんですからまちがいなく才能はありますよ。役者をやらせてみませんか？　そんな誘いは、それこそ僕が幼稚園児のころからいくつもあったらしい。

母はすべて断った。僕自身にやってみたいか尋ねることはなかった。僕もそれでよかった。そういうのは母がやることで僕がやることではない。できるわけもない。そう思っていた。

僕を産む前の母は、押しも押されもせぬ人気女優で、映画にもテレビにも出まくっていたらしい。産んでからは、休業した。子育てを優先させたのだ。僕が小学四年生になるまで。

出産の少し前から数えれば十年。長い。そのブランクは女優としては痛手のように思える。だが復帰してからも声はかかった。母親の役もできるようになり、むしろ幅は広がった、と評価されたらしい。最近は若いおばあちゃんの役もやる。

もう六十二歳だが、母のことは今でも美しいと思う。やはり女優はちがうのだ、とも思う。息子ながら。

これも昔からそう。母がどんな人なのかは、よく訊かれる。家ではどんな人なの？　という質問が一番多い。普通ですよ、と僕は答える。普通って何だ、と自分でも思うが、そうとしか答えようがない。

ご飯とかつくるの？　とこれもよく訊かれる。たまにつくります、と僕は答える。うそにはならない。年に二回くらいでも、たまにと言うことはできるから。

料理、上手なの？　に対しては、まあまあですかね。これもうそにはならない。まあまあ、の範囲は広いから。

生まれて三十三年、僕はずっとマンション住まいだ。

小学校に上がるときと、中学校に上がるときと、大学に進んだとき。学生時代だけで三度転居した。転校は一度もしなくてすんだ。転居自体が僕の進学に合わせたものだったのだ。

母はそこでも僕を優先してくれた。学校が決まると、すぐに転居先も決めた。僕が歩いて学校に行ける場所にあるマンションだ。

最初の転居でマンションは二十階を超え、次の転居で三十階を超え、最後の転居で五十階を超えた。五十四階建ての最上階。僕が今一人で住んでいるのは十二階建ての五階だから、高さは十倍以上。そこにはまだ僕の部屋もある。たまには行く。先週の土曜日も行った。

幼稚園に続き、僕は小学校も私立に通った。母がそれを望んだからだ。有名人はたいていそうだろうが、公立は少しも考えなかったらしい。

僕の小中高時代、母は常に慎重にふるまった。あの人は女優だからああなのだ、と周りに言われるようなことは極力避け、あの人は女優なのにああなのだ、と言ってもらえるよう努めた。

面談や運動会などの行事で僕の学校に来るときも、メイクをばっちり整えたり派手な服を着たりはしなかった。過度な変装もなし。一言で言えば、素。とにかく目立たないようにしていた。

それでいて、土門道恵さんですか？　と訊かれたら、丁寧に応対した。サインを求められたら、まずはやんわり断り、なお請われるようならすんなり書いた。そのあたりは臨機応変にやった。

中学と高校は私立の一貫校。有名人の子がほかに何人もいたから、僕も気楽に過ごせた。高校受験がなかったこともあって塾には行かなかったが、その代わり家庭教師がついた。おかげで大学も私立の第一志望に受かった。

結局、公立の学校には一度も行かなかった。だから地元の友だちと呼べるような友だちは一人もいない。三度も転居しているので、僕には地元自体がないのだ。

大学生のとき、就職先をどこにするかは迷った。特に行きたい業界もないし、行きたい会社もない。その意味で迷った。

知り合いがいるから受けてみたら？　と母に証券会社を勧められた。

証券ならいいかな、と思った。同じ金融でも銀行は堅苦しそうだが証券ならいいか。その程度の気持ちだった。

受けてみたらすんなり受かった。だからすんなりそこに決め、就活はそれでやめた。

仕事は思った以上に大変だった。

証券会社で、新人はまずリテール部門の配属になる。わかりやすく言えば営業だ。自社の口座を開設してもらい、上がりそうな株を提案する。お客をどうにか顧客にする。

担当エリアで新規顧客の開拓。もちろん、そううまくはいかない。

テレアポに飛びこみ。毎日がそれ。結果、度胸もついた。知らない人にためらわずに電話をかけられるようになったし、知らないお宅のインタホンのボタンをためらわずに押せるようにもなった。

その後は先輩から業務を引き継ぎ、取引量も増えた。が、失敗も多々あった。株は相場に左右されるから、顧客が損失を被りもする。そうなる可能性があるとわかっていても、実際に損が出れば顧客は僕らを恨む。中には態度を豹変（ひょうへん）させて声を荒らげる人もいる。シビアな世界なのだ。

自分に向いているのかは、今でもよくわからない。辞めていった同期が何人もいる中で丸十年続いたのだから向いているのだろう。そう思うしかない。

三十歳のとき、僕はリテール部門からリサーチ部門へ移った。経済や株式をまさに調査分析し、投資判断に役立つ情報を提供する部署だ。足をつかう営業とはまたちがう難しさがある。

経済も株式も日々動く。止まることはない。つまりゴールがないのだ。どこかが夜になればどこかは昼になる。世界は経済でつながっている。経済のみでつながっている、と言いきるアナリストもいる。そうなのかもしれない。

異動して一年。そこでの仕事にようやく慣れたころに父が死んだ。

葬儀なんてしなくていい、というようなことを、生前、父は言っていた。遺言書に残したりはしていないが、そんな言葉を口にしてはいた。

だからということなのか、母は葬儀を簡単にすませた。ごく近い親戚しか呼ばなかった。数にすれば二十人弱。

それには僕も驚いた。だがそこに母の真情が表れているような気もした。

死因は心疾患。隠すようなことではなかったが、公表もしなかった。母は、父が亡くなり葬儀はすでにすませたことだけを公表した。

映画監督の末永静男、死去。享年六十七。

大したニュースにはならなかった。死ぬ前の十年、父は一本も映画を撮っていなかった。すでに忘れ去られた人だったのだ。

とはいえ、覚えている人も少しはいた。そんな人たちが動いたのか、死から二年も経った今になって、追悼上映がおこなわれている。

期間は一週間。先週の金曜日から今週の木曜日まで。場所は、公開時も上映されていた銀座の映画館。作品は、『夜、街の隙間』。

僕はそれを観たことがない。それをも何もない。末永静男の作品は一本も観たことがないのだ。

当然だろう。母を苦しめた男がつくった映画。観たいわけがない。

今僕がこうしていられるのは、すべて母のおかげだ。母のみのおかげだ。

そんなことを考えていたら、いつの間にかキーを打つ手が止まっていた。

パソコンの画面右下の時刻表示を見る。

午後五時四十分。

ちょうど外から社に戻ってきた先輩の浜谷(はまや)さんが言う。

「末永、おつかれ」

「おつかれさまです。雨、降ってます?」

「結構降ってるよ。やむのかね」

断念　安尾昇治　七十歳

日比谷公園前交番。

制服警官が机の前のイスに座っている。制帽はかぶっていない。両手を頭の後ろで組んでいる。暇なのだ。深夜だから。

演じるのは平塚丈臣。このときで三十歳前後だろう。

交番の後ろは日比谷公園。深夜。静かだ。

そこへ、いきなり男女のカップルがやってくる。

男に荒々しく引っぱられているのは、洋画家の滝口太造だ。交番の明かりの下で見るとはっきりわかる。流れた鼻血で、シャツの胸もとが赤く染まっている。

素早く制帽をかぶって立ち上がった平塚丈臣に、カップルの男が言う。

「お巡りさん、覗きですよ」

「覗き?」

「はい。公園の茂みに隠れてたんですよ」

「そうですか」

平塚丈臣は滝口太造をパイプイスに座らせる。そしてティッシュペーパーを箱から何枚も抜きとって渡す。覗きとの確証はまだないので、手荒な扱いはしない。

おとなしく座った滝口太造は、そのティッシュペーパーで鼻を拭う。白いティッシュペーパーはやはり血で赤く染まる。

カップルの男がさらに言う。

「被害は？」

「何か音がするから変だなぁ、と思って。後ろにまわってみたらこいつがいたんですよ」

「被害って、特には」

「何かものを盗られたとか、暴力をふるわれたとか」

「いえ。覗かれただけですけど」

「ねぇ、もういいよ」とカップルの女が男に言う。

「わかりました。一応、住所と名前を書いてください」と平塚丈臣。

「え？」と男。「あ、そういうのは別にいいです。捕まえたからただ連れてきただけなんで。あの、それじゃあ」

「ちょっと待って。あなたがこの人を殴ったんですか？」

「まさか。ちがいますよ」

「ほんとに？」

「ほんとですよ」

「ちがうよ。彼じゃない」と滝口太造が自ら言う。

「ほら。もういいですよね。行きますから」

カップルは逃げるように交番から出ていく。覗きを連行してほめられると思っていたのにそうでもなかったから即退散、という感じに。

平塚丈臣も外に出て二人を見送り、すぐに中に戻る。

机の上にあるティッシュペーパーの箱を指して、滝口太造が言う。

「もう少し、いいかな」

どうぞ、と平塚丈臣は手の動きで示す。

滝口太造はティッシュペーパーを数枚抜きとってまた鼻を拭う。それらはまた赤く染まる。

机に腰掛けて、平塚丈臣は言う。

「おじさん、覗いたの？」

「いや。そんな趣味はないよ。どちらかというと、他人のことはほうっておくタイプでね」

「じゃあ、それ、誰にやられたの？」

「覗きだよ、本物の」

「本物？」

「ああ。いくらおれだって、自分で自分を殴ったりはしない。地面に這（は）いつくばってるからさ、具合でも悪いのかと思って声をかけたら、いきなり殴りかかってきたんだよ」

「それで？」

「その本物は逃げて、覗きはおれってことに」

「そんなことじゃないかと思ったよ」

「信じてくれるんだ？」

「本物なら、普通はもっと必死に抵抗するんだよ。そう簡単に交番に連れてこられたりはしないね」

「そうか。よかった。酔いが残ってなければ、きっと必死に抵抗したよ」

それを聞いて、平塚丈臣は笑う。警官らしくない笑みだ。普通、警官はそんなふうにやわらかく笑わない。

「外でヤラしいことしたい。でも見られたくはない。無理な話だよな。目はどこにだってあるよ。おじさん、職業は？」

滝口太造は答えない。

「事情聴取なんかじゃない。ただの世間話だよ。休んでるあいだの時間つぶしってとこ。酔って血を流してるのにそのままほうり出すわけにはいかないから」

滝口太造はやはり何も言わない。

「まあ、いいや。みんなそうなんだよ。同窓会か何かで昔の友だちに会うとするよね。そこで、今何やってんの？　って訊かれて、警官て答えると、途端に敬遠されるようになんの。みんな、警官の知り合いがほしいとかって口ではよく言うんだけど、そんなもんなんだよね。知り合いにはなりたいけど、近づきたくはないんだ。実際、知り合いだからって、交番勤務の分際で交通違反をチャラにできたりするわけじゃないし。って、そう言うと上の人ならできると思われちゃうんで言い足すけど。できないからね。たぶん」

滝口太造は、いったい何を言いだすのか、という顔で平塚丈臣を見る。が、まだ口は開かない。

「いや、実はさ」と平塚丈臣は頬をぽりぽりかいて言う。「僕の父親もおじさんと同じくらいの歳なんだけど。ちょっと具合がよくなくてね。だからほうっておけないっていうのも、あんの。いやかな、警官と話すのは」

さらに少し間を置いて、滝口太造は言う。

「絵描きだよ」

「え?」

「絵を描いて、それを売ってるんだ。といっても、ここ何年かはまったく売れてないけど。今はもう描いてもいないし」

「あぁ。何、似顔絵とかそういうの?」

「まあ、そんなもんかな」

「へぇ。結構大変でしょ」

「楽ではないね」

「路上とか、そういうとこでやるわけ?」

「場合によるよ。人じゃないものを描くこともあるし」そして滝口太造は話をそらす。「親父さん、よくないの？」

「よくないねぇ。言っちゃうと、末期。今もさ、いつ連絡が来るんじゃないかってビクビクしてる状態だよ」

「そんなか」

「そんな。もう余命宣告の期間も過ぎた」

「何をしてる人？」

「同じ。警官。もう辞めてるけどね。定年で」

「それで、君も」

「うん。日比谷公園を悪の手から守ろうと、ここに」

「ほんとに？」

「うそ」と平塚丈臣は笑う。「まあ、人の安全を守りたいのはほんとだよ。そのくらいは思ってなきゃ、ならないよね、警官に」

「そう、だろうね」

「おじさん、健康診断は受けてる？」

「受けてない。もう十年は受けてないかな」

「その歳でそれはヤバいでしょ」

「ヤバいね」

「受けたほうがいいよ。受けてても僕の父親みたいになるんだから」

「じゃあ、受けないよ。絵を描けないなら、もう終わりでいい」

「逆でしょ」

「ん?」

「生きてれば、また描けるじゃない」

滝口太造は驚いた顔で平塚丈臣を見る。

平塚丈臣は、何をそんなに驚くことがあるのか、という顔で滝口太造を見ている。

滝口太造は、とっくに亡くなった俳優だ。

この映画の撮影時ですでに今のぼくと同年輩。いい俳優だったが、映画以外で見ることはなかった。映画にしか出ないと決めていたのか、テレビからは声がかからなかったのか。両方かもしれない。

この歳で痴漢にまちがわれるのはつらいな、と思う。もうそんなことしないよ、そんな気力はないよ、と言いたくもなるだろう。だがおそらく聞き入れてはもらえない。老いた人のことは、実際に老いた人にしかわからないから。

映画は初めから夜だった。和光の大時計により、十時十分と、具体的な時刻まで示された。

それが末永静男の特徴だ。丁寧に夜を描く。カメラがどう撮影技術がどうではない。末永静男は夜を撮る監督なのだ。夜を撮り、ぼくを打ちのめした監督でもある。

一九七七年の『夜半(やはん)』と一九九五年の『夜、街の隙間』と一九九八年の『東京二十三夜(とうきょうにじゅうさんや)』。それが夜三部作と言われるものだ。

最初の『夜半』を撮ったときはまだ素人。プロの監督ではなかった。だがその作品も三部作に入れられている。三部作の一つにしてデビュー作だ。

三部作二作めの『夜、街の隙間』までは十八年空く。ほかに映画を撮らなかったのではなく、夜を強く打ちだすもの以外を撮っていた。

作品数は少ない。自分で脚本も書くので、早いペースではやれないのだ。自分の撮りたい映画ばかりを撮らせてはもらえない、との理由もある。『東京二十三夜』が三年後に撮れたのは、要するに『夜、街の隙間』が高く評価されたからだ。

浮き沈みをくり返しながら、映画監督はどうにか進んでいく。自分が撮りたい映画を一本も撮れずに終わる監督も多い。というより、九割はそう。いや、もっとかもしれない。

『夜、街の隙間』を観るのはこれが二度めだ。

ぼくはもう七十歳。映画は何本観たかわからない。スクリーンの前で何千時間過ごしたかわからない。

千という単位は合っていると思う。一本二時間として五百本観ればもうそこに届くわけだから。少なく見積もっても五百本は超えている。二十代のころは月に十本は観ていた。その二十代だけで千二百本になる。

観るほうの映画との出会いは、小学生のときだった。

最初が何だったかは覚えていないが、石原裕次郎主演の『錆びたナイフ』を映画館で観たことは覚えている。小学生だったので、何だかよくわからなかった。石原裕次郎はスターだということだけがわかった。

その後、ジョン・ウェイン主演の西部劇『リオ・ブラボー』も観た。保安官のジョン・ウェインよりも、アルコール依存症を抱えた保安官補のディーン・マーチンに惹かれた。

観たのはその手のスター映画が多かった。映画はスターのもの。映画とはスターが出るもの。そんな認識もあった。

撮るほうの映画との出会いは、大学生のときだ。

厳密に言えば、すでに発芽はしていた。芽は高校生のときに出ていた。

スター映画の代表格とも言えるスティーヴ・マックイーン主演の『大脱走』もおもしろかったが、その翌年に見た日本映画『砂の女』もおもしろかった。もとは安部公房の小説で、脚本も安部公房自身が書いた。それを映画にしたものだ。映像は奇妙な閉塞感と緊張感に満ちていた。こういうのもあるのか、と思った。

それからは、そういうのばかりを観るようになった。

そして自分で撮るという考えに至り、観る側から撮る側にまわろうと決めた。

台東区にある都立高から文京区にある私大の経済学部に進んだ。映研があると聞いていたので、その大学を選んだ。学部は何でもよかった。無難かと思い、経済にした。

大学にいるあいだに、フェデリコ・フェリーニが好きになった。

ぼくはゴダールよりはフェリーニ。オールナイトの特集上映で一気に観たのがきっかけだった。

『道』に『甘い生活』に『8½』。確かそんなプログラムだったと思う。
フェリーニは今も好きだ。モノクロなら『道』、カラーなら『フェリーニのアマルコルド』。その二つでどちらが上かは決められない。

映研では、初めから自分で脚本を書き、自分で監督もした。どちらも独学。先輩に教わったのは、脚本の書き方やカメラの扱い方といった基本的なことだけ。感覚まで教わる必要はない。そう思っていた。むしろ、それを押しつけられないよう注意していた。ただ、たまには人の書いた脚本で監督をすることもあった。それはそれでいい経験になるのだ。途中からは映研の部長もやった。面倒だとは思ったが、いろいろやりやすくはなるだろうとも思い、引き受けた。

撮れるものがあれば撮る。ただただ映画を撮る。そんな四年はあっという間に過ぎた。勉強はしなかったが、単位はどうにかとった。学費を出してくれる親に余計な負担をかけるわけにもいかない。四年で卒業しようと決めてはいた。

就職はしなかった。銀座の居酒屋でアルバイトをしてどうにか食いつないだ。そのあたりは、『夜、街の隙間』の溝部純孝と同じだ。

何故銀座か。よそよりは時給が少し高いから、そして日曜日は必ず休みになるからだ。人を集めて撮影するなら、日曜日に動けないとつらい。

銀座のアルバイト先では、想定していなかったもう一つのいいことがあった。堀江（ほりえ）ちずと知り合えたのだ。

ちずはぼくより二歳下。高校を出てしばらく焼肉屋で働いていたが、そこを辞めてそちらへ来た。ぼくと同時期にだ。それもあって、親しくなった。

ちずは映画のことは何も知らなかった。休みの日に映画を観に行きはしたが、撮るほうには興味がなかった。ぼくが撮る側だと知っても、すごいねぇ、と言うだけ。だがその感じはとてもよかった。口は出さないが受け入れる。そんなふうに見えた。

映画を撮っていると聞くと、変に興味を持ち、出たい出たいと言ってくる。そんな子も中にはいる。映研仲間のカノジョにもいた。出してうまくいくこともなくはないが、たいていはうまくいかない。そんな子に振りまわされるのは案外きついのだ。

ちずはちがった。撮影現場を見たいとさえ言わなかった。見に来る？　とこちらが言っても、邪魔になっちゃうからいい、と言った。

それでも、じきに、映画ができたら観せてね、とは言うようになった。その感じもとてもよかった。その流れで、付き合ってくれないかな、とぼくが言ったら、うん、とちずはあっさりうなずいた。うれしかった。

そんなふうにして、大学時代はできなかったカノジョがすんなりできた。

ただ、うまくいったのはそちらだけ。映画のほうは中々うまくいかなかった。

一人だから脚本は書ける。それを撮るのが大変だった。人をうまく集められない。スケジュールを組めない。出てくれ、とお願いする側だから無理も言えない。どこぞの劇団にまとめて出演を頼むことも考えたが、そちらにはそちらの稽古がある。演出家がいい顔をしない可能性もある。

しかたなく、出演者を三、四人に抑えた脚本を書き、無理のないスケジュールを組んで、撮影。その感じで一年に一本は撮るようにした。短編とは別に、四十五分以上のものをせめて一年に一本。そこは自分に課した。それすらしないようなら、ただの居酒屋の店員になってしまう。そんな危機感は常にあった。

ただ撮るだけ。公開する場はなかった。映画業界にツテもない。先はまったく見えない。そんな日々が続いた。

居酒屋で皿洗いをし、調理補助もした。ちずはホール係なので、カウンターの外にいた。渡された注文伝票どおりに料理を出した。簡単なものは料理人さんを通さず、ぼく自身が出した。

今でも覚えている。一度、月見納豆納豆抜き、という伝票が来たことがあった。

笑った。休日前夜か何かでとても忙しかったので、ちずが書きまちがえたのだろうと思った。確認はせずに、月見納豆月抜き、つまり納豆だけを出した。すると、ちずは言った。わたし、納豆抜きって書かなかった？

お客さんは生卵がほしかったらしいのだ。だがメニューにそれはないので、そんな注文の仕方になった。じゃあ、生卵って書いてよ、と言うと、ちずはこう返した。一応、メニューどおりにと思って。お客さんもそう言うし。

あとで二人で笑った。月見納豆納豆抜きって、チャーシュー麵のラーメン抜きみたいなもんだよね、と言って。

その話は今もたまにする。それじゃまるであの月見納豆だよ、というような形で。

そんな息抜きもできたからどうにかなった。ちずがいてくれたからがんばれた。それは否定できない。

撮影現場には来なかったちずとも、映画を観には行った。

ちずは自分からぼくを映画に誘うことはなかったが、ぼくが誘えばついてきた。難解そうなものは一人で行くようにしていたが、フェリーニでもこれならだいじょうぶだろうと思い、ちずを誘った。それが『フェリーニのアマルコルド』だ。

イタリアの港町を舞台にした少年の成長譚。フェリーニにしてはわかりやすい、明るい映画だった。

おもしろいね、とちずも言った。二人でそれを観て、勇気づけられた。ちずにも映画にも、だ。

映画はいいな、とあらためて思った。映像もあり、音楽もある。すべてを組み合わせて魅せる総合芸術。それこそが映画だ。

その後何年かして、ようやくチャンスが来た。

映画情報やコンサート情報を載せる雑誌の企画の一つとして、自主映画展が開催されることになったのだ。学生向けではない。一般向け。誰もが応募できる。作品の長さも問われない。

それまでも本気ではあったはずだが、本当の本気で臨んだ。

すでにある旧作で応募するのはよそう、と思った。新作を撮らなければダメだ。今あるすべてをぶつける。それで応募するとわかった上で脚本を書き、撮影する。

実際にそうした。アルバイトは続けたが、どうしてもというときは休んだ。映画につかう時間をとにかく増やした。役者は劇団から借りた。映研時代の仲間にも助っ人を頼んだ。これでいいものを仕上げられないならそこまで。そう思った。

そして仕上がった作品がこれ。『生きてる』。四十五分。カラー。八ミリ。

細かなことの一つ一つまでもがすべてうまくいかない男の話だ。

例えば、近道をしようと右に曲がったら自転車が突っこんできたり、電車で空いた席に座ったら隣にカタギでない人が座ったり。よかれと思ってしたことはすべて裏目に出る。よかれと思わないようにしたらそれはそれで裏目に出る。

男は一人暮らし。セリフは極限まで減らした。ほぼなしと言ってもいい。まず、役名もない。男、というだけ。その男の何日かを、カメラは延々と追っていく。

ラスト。負の連鎖でついに会社をクビになった男は、一人で川原に座る。そして流れる川を見る。見つづける。

「でも」長い間のあとに言う。「生きてるよな」

タイトルは、黒澤明（くろさわあきら）の『生きる』を意識した。意識したと思わせるつもりで、あえてそう付けた。

役者を借りた劇団は、意外にもちずからのつながり。ちずの知り合いの知り合いに、その劇団に入っている人がいたのだ。

連絡をとってもらい、すぐに会いに行った。主宰者にも事情を説明し、協力の了承を得た。

主役の男に選んだのは、ぼくより一歳下の矢上君行（やがみきみゆき）くん。ぼくと同じようにアルバイトをしながらその劇団で芝居をしていた人だ。映像は初めてだからむしろ出たいです、と言ってくれた。矢上くん。顔はよかったが、よすぎなかった。その顔に気弱な感じが出ているところ。ぼくにしてみればそこがよかった。ひと目見てぴんと来た。主役を矢上くんに決めてから、矢上くん仕様に脚本を少し直した。

表情だけで感情を表現しなければならないので、セリフが少ないほうが演技は難しい。矢上くんはうまくやってくれた。演技をしたつもりはないんですけどね、と本人は言っていた。そうなるのがベストだよ、とぼくは言った。

矢上くんはプロの俳優を目指していた。結局、矢上君行の名を聞くことはなかったし、どこかで顔を見ることもなかった。あれからどうなったのか。ぼくもそこまでは知らない。

とにかく、『生きてる』を受付期間ぎりぎりに仕上げ、それで自主映画展に応募した。やろうと思い、実際にやりきった感覚があった。手応えもあった。応募した時点で入選した気になってもいた。

当時、ぼくは三十一歳で、ちずは二十九歳。付き合って五年が過ぎていた。

ちずは三十歳目前。はっきりと結婚を迫られていたわけではないが、近い感じではあった。このときに初めて、これでダメだったら考えてほしい、と言われた。わたしをとるか映画をとるか、というようなことだ。

ちずがそんなことを言うとは思わなかったので驚いた。一方では、そうだよなぁ、とも思った。ぼく自身、このままではマズいと感じてはいたのだ。まず、ちずがこんな状態のぼくと付き合ってくれていたことが奇跡に近い。

それでも、不安はなかった。不安の代わりに自信があった。

『生きてる』はそれまでで一番の作品に仕上がっていた。いろいろなものを詰めこんだ。ただ詰めこむのでなく、スマートに詰めこめた。経験がなければできないことだ。大学時代に同じものを撮っていたら。わかりやすい笑いに逃げようとしたり、説明ゼリフを多用したりで、もっとガチャガチャしていただろう。

自信というものを初めて持てた。中高生のそれのような根拠のない自信ではない。三十一歳でもうそれは持てない。にもかかわらず持てたのだから、それは確かな自信。自身、そう思った。

が。

落選した。

見事にスパッと切られた。斬られた、という感じがあった。

応募総数は七十七本で、入選は十二本。その十二本にさえ入れなかった。

ものをつくる人間にありがちなことだが。審査員の目が節穴なんだろ、と思った。ちゃんと観てないんだろ。理解できないんだろ。

入選作はまとめてオールナイト上映されることになっていた。

どうしようか迷ったが、観に行った。観ないで文句を言うのでなく、観て文句を言いたかった。文句を言うことの正当性を自分で感じたかった。

場所は映画会社が持っている撮影所。ぼくが住むアパートから近くはなかったが、電車を乗り継いで出向いた。

十二月。寒かった。バス代をケチり、駅からは歩いていった。討ち入りに向かう大石内蔵助の気分だった。

上映された十二作をすべて観た。偏りのない目で観よう。そう心がけて。

十数分のものから一時間強のものまで。カラー作品がほとんどだが、モノクロ作品もあった。八ミリではなく十六ミリをつかっている人もいた。

これなら『生きてる』のほうが上だろ、と思わされるものもあった。というより、そう思わされるものばかりだった。

何作も観るのだから時間がかかる。十二作の上映だけで、十時間近く。それだけの時間をかけて、ぼくの自信は強化されていった。負けてないな。いや、勝ってるな。圧勝だな。そう思えた。

が。

最後にガツンとやられた。

末永静男という監督の『夜半』。

夜に彷徨う男女の話だった。

彷徨うその理由は明かされない。心中する場所を求めているのかと思ったが、そうではないことが次第にわかってくる。

登場人物はその男女のみ。役者名も覚えている。古瀬研作と新村花実。

新村花実はそのあと女優になったはずだ。そんなには売れなかったが、映画にちょこちょこ出たりしていた。

心中でないなら理由を明かせよ、と思ったが、初めだけ。途中からはどうでもよくなった。特別な理由などないのだ。理由を明かさないのは、口にする必要がないから。人が二人いて何か了解事項があるなら、それをわざわざ会話で確認し合ったりはしない。観ているうちに、自然とそう思えるようになった。

そのあたりで、これは、とも思った。もしかしたら、すごい作品なんじゃないか？

夜のシーンばかり出てくる映画を観ていると、たまに気が滅入ってくることがある。もう少し光をくれよ、と思ってしまうのだ。『夜半』にそんなことはなかった。そこに夜があるのはもう当たり前だった。

「何だ」とラストで古瀬研作は言う。「やっぱり続いてるんだな、夜は。朝と」

「続いては、いなかったんじゃない？」と新村花実は言う。「わたしは、分けられてたような気がする」

二人がその先どうなるのかはわからない。まず、どんな流れでこうなったのかもわからない。二人が昼は何をしているのか。そんな情報は与えられない。過去のことが断片的に少し明かされるだけだ。

それも大したことではない。昔事故に遭ってとか、父が自殺をしてとか、そんな類ではまったくない。ブランコからドスンと地面に落ちたらすぐわきにバッタがいたとか、吹く風のせいで川はたまに下流から上流に流れているように見えるとか、その程度のこと。

つまらない、と言ってしまうこともできた。ほかの作品同様、『夜半』にも、文句を言おうと思えば言えた。だがそうする気にはならなかった。

認めるしかなかった。ぼくはこんなふうに撮れない。歳下にこれをやられたらもう勝てない。そう。監督の末永静男はぼくより一歳下だった。同世代とは言えるが、下だ。

ぼくと同じようにずっと映画を撮っていたという。ぼくとちがい、大学には行ったが中退。映研にも入らなかった。それでもどうにか人を集め、映画を撮りつづけた。

一歳ちがい。キャリアに大きな差はない。なのに能力差は出るのだとわかった。その差をまざまざと見せつけられた。

意気揚々と討ち入りに来たが返り討ちに遭った感じだった。

末永静男は安尾昇治の『生きてる』を観ていない。この先も観ることはない。

観せることができたとしたら。すごいだろ？　とぼくは胸を張って末永静男に言えるだろうか。

答はすぐに出た。

言えない。

末永静男は、『夜半』から十八年後に『夜、街の隙間』でまた夜を描いた。『夜半』も一夜の話だったが、これも一夜の話だ。

形は少しちがう。『夜半』では、古瀬研作と新村花実の二人を丹念に追った。話という話はない。夜のスケッチに近い。

『夜、街の隙間』もそこは同じ。話という話はない。問題が起きてそれが解決するとか、映画の初めと終わりで何かが大きく変わっているとか、そういうことはない。が、人は増えた。四組の男女。そして警官と野良猫。それぞれが絡むようで絡まない。といって、まったく絡まないわけでもなく、少し絡む。技術が上がったのだろう。今なら撮れる、と思ったのだ。おそらく。

『夜半』はあれ以来一度も観ていない。特集企画などで何度か上映はされたようだが、観に行きはしなかった。

『夜、街の隙間』は二度めだ。

二年前に末永静男が亡くなったので、追悼上映されることになった。舞台となった銀座にあり、前も上映したこの映画館で。期間は一週間。ならば観ようと思った。

教えてくれたのはちずだった。新聞の夕刊にそのことが小さく出ていたというのだ。故末永静男監督の『夜、街の隙間』の再上映が決定、と。

これ、あの人じゃない？　そう言って、ちずはぼくにその記事を見せた。

夕刊は読んだはずだが、見落としていた。ぼくももう七十歳。新聞を前ほど丁寧に読まなくなった。目が疲れるので、サッと読み流してしまうことが多いのだ。

ちずが気づいてくれてよかった。末永静男の話もしておいてよかった。

32　タクシーの中（夜）

運転席には中年男性ドライバー、後部座席には有彦が座っている。

車は銀座の各通りを走りまわっている。

有彦「ねぇ、運転手さん」

ドライバー「はい？」

有彦「どうして、夜の次には朝が来ちゃうんだろうね」

間。

有彦「おれはそれが不満でたまらないんだよ。どうしてだと思う？」

ドライバー「さあ。考えたことないから」

有彦「いつだって、結局は夜が明けちゃうんだ。夜の次に来るものがほかに何かあったってよさそうなのに。こう、虫で言う蛹（さなぎ）みたいなものがさ」

間。

車は左に寄って停（と）まる。後部ドアが開く。

ドライバー「お客さん。悪いけど、降りてもらえるかな。金はいらないからさ」

有彦「え？」

ドライバー「酔っぱらいは我慢するし、やくざだって我慢する。スケベなことをおっぱじめる若いカップルにも目をつぶる。でもあんたみたいなのはダメだよ。目的もなしにただ銀座を走りまわってくれなんて、どう考えたって普通じゃない。おれだって好きでこんな仕事をやってるわけじゃないんだ。その上こんな気味の悪いことはごめんだよ。別にかまわない。会社に苦情を言うなら言ってくれよ」

間。

有彦「悪かった。金は払うよ」

有彦、助手席と運転席のあいだから一万円札を差しだす。

ドライバーは受けとらない。

有彦「(助手席のシートに札を落として) お釣りはいらないよ。迷惑料だと思ってくれれば」

有彦、車から降りる。


戸倉有彦が降り立ったそこは深夜の銀座。誰もいない路上だ。

タクシーが走り去ると、音はしなくなる。映画としての音楽もない。まったくの無音。それこそが夜の音に聞こえる。

他者から拒まれ、夜の中に一人置き去りにされる男。闇が男を覆う。包む。

男がそこにいることで、逆に言うと男しかそこにいないことで、夜の密度はさらに増す。夜の本質は闇。だが街だから、そこには当然、光もある。光は闇に浮かぶ。光を浮かばせることで、闇の存在も際立つ。

続いて日比谷公園前交番でのシーン。

警官の平塚丈臣と洋画家の滝口太造が、それぞれイスに座って話している。

「しかしこの暑さ、いつまで続くんだろうね」と平塚丈臣が言い、

「一日中ここにいるのは大変だな。冷房ぐらい入れてくれたってよさそうなもんなのに」と滝口

太造が言う。

「そのために交番の出入口を閉めきっておく？　ただ今冷房中ですって札でも下げて」

それを聞いて滝口太造が笑う。その笑顔と鼻血で赤く染まったシャツが何とも対照的。

「そうだ。紙と鉛筆を貸してもらえないかな」

「ん？　名誉毀損の被害届でも出す？　痴漢にまちがわれたってことで」

「名誉なんてどこにもないよ。何でもいいんだ。メモ用紙みたいなものでも」

「何すんの？」

「久しぶりにね、ちょっと描いてみようかって」

渡された紙と鉛筆で、滝口太造はデッサンを始める。向けた視線で、平塚丈臣の人物画を描きだしたことがわかる。

自身を単なる似顔絵描きだと勘ちがいしている相手の顔を描く洋画家。いいシーンだ。

二人は、警官と痴漢の容疑者として、そこで初めて会った。それがわずか数分でこう。

夜だから、だろう。理由にならないが、やはり、そうだ。昼ならこうはならない。まさに、夜、街の隙間で起きたことだ。

戸倉有彦がタクシーから降ろされるシーンで闇を見せ、次のこのシーンでは光を見せる。闇に光を浮かばせる。末永静男らしい描き方だ。

闇に浮かぶ光。それが自分にとってはちずだった。

今思えば、そう。

あのままいっていたら、映画はおそらくぼくの闇になっていた。それを本能的に感じたのだろう。ぼくは光を選んだ。映画を捨て、ちずをとった。自ら答を出した。自主映画展のオールナイトを観終えてすぐに。

具体的には。ちずのアパートに行った。電話で言うのはいやだったので、直接話すことにしたのだ。

当時、ちずは荒川区のアパートに住んでいた。アルバイト暮らしなので、家賃の安いアパートだ。

それはぼくも同じ。二人で住めば安上がりになると思ってはいた。が、踏みきれなかった。映画があったからだ。

その映画が、なくなった。もう障壁はなかった。自分が本気で打ちこんだものを障壁と言いたくはないが、やめたのだから言える。言ってしまえる。

土曜日のオールナイト明けだから、日曜日。ほかの企画もあったので、自主映画展はその夜まで続いたが、ぼくは早めに会場を出て荒川区に向かった。

日曜日だから銀座の居酒屋は休み。ちずはアパートにいた。

映画をやめたことを、ぼくはちずに話した。やめる、ではなく、やめた、と過去形で言った。ごまかすのはいやだったので、経緯もきちんと話した。末永静男のことまで話した。

「じゃあ、やめたてなの？」とちずは言った。

その言葉に笑いつつ、ぼくは言った。

「そう。やめたて。今だから言えるけど、昨日まではやめないつもりだったよ」

「なのに、やめたの？」

「うん」

「本当にやめた？」

「やめたよ。もう迷ってもいない。末永静男のあれは、それだけ強烈だった。映画自体は静かなのに強烈。負けを認めるしかなかったよ」

「わたしが言うのも何だけど。今その人に負けたからって、次も負けるとは限らないんじゃない？」

「いや。次も負ける。敵(かな)わない相手には敵わない。それがはっきりわかったよ。何か、すっきりした」

ちずは少し黙ってから言った。

「やめたのは、わたしのせい？」

「そうじゃないよ。これは言うべきじゃないけど。ちずのためだけだったら、やめられなかったかもしれない。まだやれると、自分で思えてればね」

「それはそれでちょっと悔しい。でも、うれしい」

そう言って、ちずは笑った。

その笑顔を見て、ぼくははっきりこう思った。ちずをとってよかったと。

一応は大卒。経済学部卒。ただし、三十一歳。居酒屋でのアルバイト以外の職歴はなし。

そんな男を雇う一流企業はない。それはわかっていた。だから大きな会社は初めから除外した。中小企業の中でも小寄り。それでいて安定していそうなところを狙った。

結果、荒川区にあるポリ袋をつくる会社に就職した。

自主映画展のあと、すぐに就職活動を始め、年が変わった二月にどうにか決めることができた。その時期なので四月採用かと思ったら、中途だから関係ない、すぐにでも来てほしい、と言われた。

もちろん、応じた。店長に事情を話して銀座の居酒屋を辞め、そちらへ切り替えた。

自分のアパートも引き払い、会社から近いちずのアパートに転がりこんだ。そして二ヵ月後に、区内の別のアパートに移った。二間のところだ。

家賃は折半ね、とちずは言ったが、正社員になったから、とぼくが多めに出した。全額出すとも言ったのだが、それはちずが許さなかった。

おもしろいもので、会社で扱ううちにポリ袋への愛着も湧いた。ポリ袋と一口に言ってもいろいろある。素材にサイズ。お客さんの要望に合わせ、多様なものをつくることもできる。

何もないぼくを採用してくれた兵藤(ひょうどう)社長には、本当に感謝している。採用の面接をしてくれたのがその兵藤社長だ。

当時は四十代。社長が自ら面接をするというので、そのことにまず驚いた。ウチみたいな小さいとこに入りたいと言ってくれる人に僕自身が会ってみたくてね。兵藤社長は笑顔でそう説明した。

職歴がアルバイトしかないことについては、もちろん、訊かれた。そこはすべて正直に答えた。映画を撮っていたのだと。その道はあきらめたのだと。

あきらめた理由も訊かれたので、それも明かした。末永静男の名前も出した。いずれ世に出る人だと思います。ぼくはそう言った。実際、末永静男は世に出た。うそにならなくてよかった。兵藤社長はそのことを覚えていた。末永静男、世に出たねぇ、と後にやはり笑顔でぼくに言ってきた。出ましたねぇ、とぼくも笑顔で返した。

それで思ったよ、と兵藤社長は続けた。そんな人に負けたんだから、安尾くんも実はすごい人だったのかって。それにはこう返した。いえいえ、僅差でなく大差で負けてましたし。

その兵藤社長を始め、会社にはいい人たちが多かった。

社員は五十人弱。だからこそ一人一人の役割が大きく、会社としての一体感も強かった。社員のほとんどが、この社長のためなら、と思っていただろう。

同じ中途採用組で、ぼくより歳上だが何年もあとに入った中林さんもそう言っていた。あの社長のためなら何でもできるよね、と。

三十一歳で入社し、定年まで勤めた。そのころはまだ雇用継続制度は導入されていなかったが、再雇用もしてもらい、六十五歳まで働いた。

ちずもずっとパートをしてくれたおかげで、一戸建てには手が届かなかったが、足立区の京成関屋にある中古マンションを買うことができた。

ローンを組むとき、不動産会社の人に訊いてみた。例えば映画監督なんかはローンを組めるんですか?

ケースバイケースですが、難しいかもしれませんね。それが答だった。楽ではないのだ、やはり。

ちずとは、ぼくが三十三歳のときに結婚した。プロポーズの言葉はこれ。二度と映画は撮らないと約束するから結婚して。

そのころにはもうそんな冗談を言えるようになっていた。ちずもこう返した。今さら?

二年後には子も生まれた。守伸(もりのぶ)。男の子だ。

二人となると経済的に厳しいから、一人。ちずと話し、初めからそう決めていた。だからそのタイミングでマンションも買った。

ローンは二十年。可能な限りくり上げ返済し、早めに終えることができた。二人めの子を持っていたら、そうはいかなかっただろう。

幸い、守伸はこれといった病気もせず、元気に育ってくれた。小学校中学校とサッカーをやっていたが、高校でいきなり柔道部に入るという離れ業を見せ、ぼくとちずを驚かせた。

人とはちがうことをやる人の血が流れてるものね、とちずは笑った。

人とはちがうことをやりたいから映画を撮ったわけじゃないよ、とぼくは言ったが。言ってみて思った。確かにそんな部分もあったのかもな、と。末永静男はそうではなく、とにもかくにも映画だったのだろうな、とも。

幸か不幸か、守伸の目は、映画や音楽などの芸術方面には向かなかった。映画はそのときの流(は)

行りものを観る程度だったし、音楽もそのときの流行りものを聞く程度だった。

初めて守伸を連れていった映画は、東映まんがまつりだ。確か、『キャプテン翼』と『キン肉マン』と『ゲゲゲの鬼太郎』を一緒にやっていた。今思えば、『キャプテン翼』がサッカーへとつながり、『キン肉マン』が広い意味での格闘技、柔道につながったのかもしれない。

その後、小中高と成長するうちに、守伸の好みはアクション映画、ということで落ちついた。『ハリー・ポッター』や『ロード・オブ・ザ・リング』よりは『ミッション：インポッシブル』や『スパイダーマン』が好きらしい。

『スパイダーマン』は、テレビでやってくれたのをぼくも見たことがある。結構おもしろかった。

末永静男がこれを撮ったらどうなるかな、と思った。『スパイダーマン・イン・ザ・ナイト』だろうか。

シーンはずっと夜。スパイダーマンが銀座の街を跳びまわる。銀座に高いビルはないからアクションとしての迫力はない。そして、映画の中で大きなことは起こらない。スパイダーマンは何もしない。ただ跳びまわるだけの傍観者。役で言えば、野良猫の代わり。

売れないだろうなぁ、そんな映画。まず、脚本の段階でゴーサインが出ないよな。と、一人笑った。

高校から柔道を始めたのに大会でもそこそこいい成績を残した守伸は、その後、私立大学に進んだ。スポーツ推薦も狙えたようだが、そうはせず、一般入試で合格した。そこではもう柔道をやらなかった。

そして大学卒業後は、飲食チェーンの運営会社に入った。ぼくが勤めていたところとはちがう。大手だ。まずは店舗に配属され、何年かで店長になった。セルフサービスのうどん屋の店長。

ぼくもちずと二人でその店に行ったことがある。守伸には知らせずに訪ねたのだ。

店長だから現場にはいないのかと思ったら、守伸はそこで自ら率先してお客さんにうどんを出していた。

来たからには逃げようもないので、ちずと二人、うどんを注文した。ぼくはぶっかけうどん、ちずはかけうどん。

そのうどんの丼をお盆に載せてくれたところで、守伸はぼくらに気づき、声を上げた。

「えっ？」

「おう」とぼくが言い、

「来ちゃったわよ」とちずが言った。

「何だ。びっくりした」

パートさんらしき四十代ぐらいの女性が守伸に言った。

「もしかして、親御さん？」

「はい」

「わぁ。お店に来るなんて、仲よし！」

さすがに恥ずかしかったが、守伸がパートさんとうまくやっているようなので、うれしかった。

うれしさのあまり、かしわ天にちくわ天に鮭（さけ）のおむすびまでお盆に載せてしまった。そんなに食べられるの？　とぼくに言ったちず自身も、結局はかぼちゃ天と梅のおむすびを載せた。

店の白衣が体格のいい守伸によく似合っていた。高校生のころの柔道着も似合っていたが、何ならそれ以上に似合っていた。

守伸は三十歳のときに結婚した。相手は芝地光穂さん。高校の同級生だ。といっても、そのころから付き合っていたわけではない。大学生のときに同窓会で再会し、卒業後何年かして付き合ったそうだ。

守伸が光穂さんを家に連れてきたときは少し緊張した。どんな子が来てもぼくが反対することはない。それはわかっていた。ちずが気に入ってくれたらいいな、と思ったのだ。その子もちずを気に入ってくれたらいいな、とも。

光穂さんは百点。申し分なかった。ちずが光穂さんを気に入ったことはひと目でわかった。会って五分でちずは言った。どうか守伸をよろしくお願いします。

二人の結婚式と披露宴は、日暮里にあるホテルでおこなわれた。費用の半分はぼくとちずが出した。全額出すつもりでいたが、それはいいよ、と守伸が言った。半分でもありがたいです、と光穂さんも言った。

光穂さんのご両親、芝地さんご夫婦も、穏やかでいい人たちだった。

安尾さんは昔映画を撮られていたそうで。ダンナさんにそんなことを言われ、少しあせった。ちず→守伸→光穂さん→ご両親。そんな流れで伝わっていたらしい。

いやいや、もう。ほんのお遊びで。そう言うだけにした。訊かれたら話してもよかったが、あちらもそれ以上は訊いてこなかった。

守伸と光穂さんが結婚して二年で子が生まれた。ぼくとちずにとっては孫。男の子だ。

そうとわかったとき、名前を付けてほしいと守伸に言われた。守伸が自分で付けたらいい、と返した。すると、守伸はこう言った。光穂がお願いしたいって言うんだよ。

うれしいことはうれしいが、迷った。これから生まれる人の名前は、若い人が若い感覚で付けたほうがいい。そう思ったのだ。六十を過ぎた男の感覚など古いに決まっているから。

ぼくがためらっていると、守伸は言った。

「お義父さんの昇をつかわせてもらうのもいいんじゃない？　って光穂は言うんだけど。どうかな」

「守伸がいいならいいよ。でも。だったら守伸の守か伸をつかえよ」

「いや、ほら、そこは昇のほうがカッコいいから。それは僕と光穂の一致した意見。例えばショウダイなんてどう？　昇るに大きいで、昇大」

「いいな。うん。それがいいよ」

「でもそれだと結局僕らが決めたみたいになっちゃうな」

「いいよ、それで。昇大でいこう。お父さんも昇大がいい。お母さんは？」

「昇大。最高」とちずも言った。

昇大は三歳。たまにちずと二人、顔を見せてもらいに行く。

店長を数年で卒業した守伸は今、渋谷区にある本社にいる。住んでいるのは江東区のマンション。京成関屋からは四十五分ぐらいで行ける。となれば、行ってしまう。

昇大は光穂さんに似ている。が、輪郭や口もとなど、守仲に似ている部分もある。じいじがそう見ようとしてるだけでしょ、と守仲は言う。そうかもしれない。まあ、それでもいい。

昇大はかわいい。もう、とにかくかわいい。このますくすく育ってほしい。隔世遺伝で、映画を撮りたいなんて言いださなければいい。

もしも実際に言いだしたら。

どうだろう。そのときは、少しうれしかったりするのか。孫の才能に期待してしまったりもするのか。それはわからない。なってみなければ。

ぼくは映画を捨てた。捨てたからには捨てた。未練も断ち切ったつもりだ。

後に手に入れやすくなった家庭用ビデオカメラを買ったり、それで何らかの映像を撮影したりはしなかった。

映画は、撮る側から観る側へと戻った。一人で観に行くこともなくなった。守仲が小さかったころは親子三人で行き、大きくなってからはたまにちずと二人で行く。その程度にした。

末永静男の夜の三部作の三作め、『東京二十三夜』も、ちずと二人で観た。

群像劇とまではいかない、男女四人の話だ。その四人の関係の変化を描いていた。

初めは男Aと女A、男Bと女Bが付き合っている。そのカップルがどちらも別れ、男Aと女B、男Bと女A、の組み合わせになる。が、そのカップルもまた別れ、初めの男Aと女A、男Bと女

B、に戻る。そして最後にはやはり別れてしまう。人々は、つき、離れ、またつき、また離れた。人間同士の関係にゴールはないと示唆しているようにも見えた。

東京二十三区を舞台にした話であり、月待ちの話でもあった。

月待ちは、供えものをして月が出るのを待ち、酒宴を催して月を祭る行事だ。陰暦二十三日の夜におこなわれるものがより盛大だったらしい。

と、それはぼくがもとから知っていたことではなく、映画の中で登場人物たちが話していたことだ。

男Aが、付き合っていた女Aにその話をする。女Aは、男Aと別れて付き合った男Bにその話をする。男Aは、女Aと別れて付き合った女Bにもその話をする。女Bは、男Aと別れて再び付き合った男Bにその話をする。男Bは、女Aから聞いてすでに知っていたその話を、初めて聞くかのように聞く。

そんなふうにして、月待ちの話は四人に行き渡る。それぞれの個人的なことではない。それぞれに興味もない話だ。だがその話が四人の共通した知識となる。

四人は東京二十三区内にあるそれぞれの住まいでベランダから月を見たときに、何故かその話を思いだす。それぞれが思いだしたことを、それぞれは知らない。

『夜、街の隙間』で描いた人と人との無機的なつながりを、末永静男がまた別の形で示したのかもしれない。

男Ａに女Ｂ。便宜的にそう言っているのではない。これ、実は役名だ。

『夜、街の隙間』では俳優名をそのまま役名にした末永静男が、今度はそうしたのだ。個人名を付けなかった。エンドロールにも、男Ａ＝今里響輔（いまざときょうすけ）、女Ａ＝細見弓香（ほそみゆみか）、男Ｂ＝吉成輝弥（よしなりてるや）、女Ｂ＝栗橋（くりはし）とも、と出た。

映画の中ではどうしていたかと言うと。四人とも、付き合っている相手の名前を一度も呼ばなかった。呼びかけるときは、なあ、や、ねぇ、をつかった。

そう聞くと違和感を覚えるが、映画を観ているときは何も気にならなかった。四人の名前が一度も出なかったことに気づかないまま観終えた人もいたかもしれない。

末永静男は、そういう細かな細工もうまい。大きくグサッとやるのではなく、小さくチクッとやるのだ。

この『東京二十三夜』はソフトが発売されている。ぼくもＤＶＤを持っている。ちずが買ってきたのだ。あの映画のＤＶＤが出てたよ、と。

ちずは観たようだが、ぼくは観ていない。何故か家ではあまり観る気にならないのだ。守伸が買った『スパイダーマン』シリーズのＤＶＤは観たのに。

ちずと二人で『東京二十三夜』を観たのも、この映画館で。ここのみでの公開だったのだ。日曜日だったこともあり、かなり混んでいた。

公開されたのは、ぼくが五十二歳のとき。『夜、街の隙間』が同じこの映画館で公開されたのはその三年前、ぼくが四十九歳のときだ。

それは一人で観た。ちずを誘わず、こっそり観に来た感じだ。久しぶりに観る末永静男の映画。やはり一人で観るべきだと思った。隣に誰かがいるのはいやだった。それがちずであっても。『夜半』以来十八年ぶりにぼくは末永静男の映画を観た。もう一人ではなく、妻子がいる立場で。自分の選択がまちがいでなかったことを確信した。

あんなに才能があった末永静男でも、この映画を撮るのに十八年かかっているのだ。撮らせてもらえる状況をつくるまでに。

ぼくにそれができたか。

できたはずがない。

この映画を観たあと、雑誌のインタヴューで読んだ。末永静男が好きな映画監督はアルフレッド・ヒッチコックだという。

意外だった。末永静男の映画にサスペンスの要素はない。そこで殺人が起きたり、誰かがスパイとまちがわれていきなり追いかけられたりはしない。撮る映画と観る映画は分けていた、ということかもしれない。

そのインタヴューで末永静男が言っていた。この『夜、街の隙間』では、ヒッチコックをまねて自らカメオ出演しているのだそうだ。

ヒッチコックはお約束でいつもそれをやった。脇役とまでもいかないエキストラの感じで、自分の作品のどこかに顔を出すのだ。特徴のある太ったおじさんだから、案外気づきやすかった。

末永静男は、写真で見た限り中肉中背。出てきても気づけるかわからない。

じっくり観ているが、今のところ、それらしき人物の姿はない。もう出たのに気づかなかったのか、これから出るのか。

そう考えて、苦笑する。これではまるで末永静男のファンだ。

いや、そうなのだ。まさにそれ。ぼくは末永静男のファンだ。

会ったことも話したこともないが、二年前、亡くなったと聞いたときは悲しかった。というよりは、さびしかった。ぼく自身の中でも何かが終わったような気がした。

末永静男はなれなかったが、ぼくは七十歳になった。子にも孫にも恵まれた。その前にまず、妻に恵まれたのが大きい。

あのまま映画の道に進もうとしていたら。おそらく、いや、まちがいなく、こうはなれなかった。ぼくはちずと別れていただろうし、結果、守伸の顔も昇大の顔も見られなかった。

つまるところ、ぼくは勝者なのだ。

決して負け惜しみではなく、そう思う。

三十九年前、あそこでぼくに映画を捨てさせてくれた末永静男には、感謝しなければならない。

無念　沢田英和（さわだひでかず）　五十歳

薄暮亭と和どりがある雑居ビルの出入口。狭い階段を上って、私服姿の溝部純孝が出てくる。私服姿といっても、下のジーンズはそのまま。上のハッピがグレーのTシャツになっただけだ。

「あれっ?」と溝部純孝は立ち止まる。

隣のビルの壁に、ひと足先に帰ったはずの早川れみが寄りかかっているからだ。

「ねぇ、今日飲みに行きたい」と早川れみが言い、

「今日って、これから?」と溝部純孝が言う。

「そう。月曜には、どうなってるかわからないでしょ?　もう行きたくないと思ってるかもしれないし」

「そうか。じゃあ、行きましょう」

「あと、一つだけ、いい?」

「はい」

「行きましょうっていうの、やめない？」

「え？　あぁ。それじゃあ」溝部純孝は言い直す。「行こう」

そして二人は、溝部純孝が行こうとしていたのとは反対方向へ歩きだす。

「やってるお店、ある？」と早川れみが尋ね、

「あるよ。いくつかは」と溝部純孝が答える。

懐かしい。当時、銀座はそうだった。日をまたいでやっている店は少なかった。

バーでもそう。今は多くの店が午前二時三時までやっているが、この映画がつくられた一九九〇年代はちがった。ほとんどのバーが日曜日は休み。土曜日にやっている店もあったが、せいぜい午後十一時まで。日またぎでやるにしても金曜だけ。そんな具合だった。僕もたまに銀座には来ていたからよくわかる。

「でもその前に、ちょっと歩きたいな」と早川れみ。

「ならそうしよう」と溝部純孝。

「わたし、れみ」

「ん？」

「名前」

「あぁ。おれは」

「ミゾベくんでしょ。ほんとは知ってたの。薄暮亭の人がそう呼んでたから」

溝部純孝は笑い、しばし考えて、言う。

「今日行く、か。何でもっと早くそれに気づかなかったんだろう」

その言葉は案外響く。誰にって、今の僕に。

溝部純孝と早川れみ。知り合いではあったが、何年も経って初めて接近した二人。僕と詩の関係に近い。僕らの場合は四年どころではない。もっとだ。十五年。長い。

須田登が一人でジャズクラブから出てくる短いシーンの次は、日比谷公園の前にある交番でのシーン。

洋画家滝口太造が、警官平塚丈臣のデッサンをしている。

絵のモデルになっているとはいえ、平塚丈臣は動き、しゃべる。

「自分でもさ、結構うまくいってるつもりでいたんだよね。向こうも楽しそうだったし。それで何度めかのときに言ってみたわけよ。僕と付き合いませんか？　っていうようなことを。返事を訊いたら見事にノーでね。彼女、こう言ったよ。だってあんた警官でしょ？」

滝口太造はデッサンを続けながら応える。

「まあ、結婚相手に死なれたりするのはつらいだろうからね」

「あれはそういう意味じゃないと思うな。もちろんさ、職務中に命を落とす警官もいることはいるよ。でも若くして死ぬ確率は大して変わらないんじゃないかな、警官とそうでない人っていうふうに分けたところで。ほんとの緊急事態は別だけど、危険が予知できる場合、僕ら、単独行動はしないからね。車を運転するにしてもスピードは出さないし。特に非番の日は」

「見つかるとマズい？」

「まあね」

滝口太造は鉛筆を置いて言う。

「こんなもんだな」そしてあくびをし、続ける。「あぁ、疲れた。ちょっと眠らせてもらうよ」

「じゃあ、その前に」と平塚丈臣は立ち上がる。「ほんとはこういうのダメなんだけど、ちょっとトイレね。それとさ、おじさんが酔ってるんで、おれはこんなこと言ったんだからね。ひと眠りしたあとはおれの言ったことなんかきれいさっぱり忘れてるだろうと思うから」

「わかってるよ。おれはじいさん。もうすでに忘れかけてる」

滝口太造がパイプイスの背もたれに寄りかかって頭を垂れたので、平塚丈臣は交番の奥に行く。だがその後のシーンで、滝口太造はひと眠りなどせず、黙って交番を出ていったことがわかる。平塚丈臣がトイレから戻ると、その姿は消えているのだ。

「あれ？」

平塚丈臣はなくなったものがないかチェックする。反射的に腰の拳銃に触り、安堵。そして机に置かれたままの絵を手にする。

その形状から人の顔とわかるだけ。抽象画めいたグロテスクなデッサンだ。

「これじゃ売れないわ。似てないし」

絵を机に置き、平塚丈臣は交番の外に出る。左を見て、右を見る。

どちらにも滝口太造の姿はない。

平塚丈臣は交番に戻り、また絵を手にする。しばし眺め、言う。

「似てんのか?」

映画館の空気が少し揺れる。六人しかいない観客の何人かがクスッと笑うからだ。僕もその一人。この平塚丈臣の感覚はよくわかる。自分は他人にはこんなグロテスクに見えてるのか? というふとした不安。それを感じることが、僕もたまにある。

僕が思っている僕と他人が見た僕はちがうかもしれない。少しはちがって当然だが、実はそのちがいは少しではないかもしれない。という、確かめようがないからこその不安。

若いころは、他人を見たときにそう感じることがよくあった。あぁ、この人は自分がどう見られているかをわかっていないのだな、と。だがある程度歳をとると、自分も例外ではないことに気づく。

見えているものがすべてではない。だからといって、見えているものを肯定しなくてよいというわけでもない。この人がこうふるまうのは他人にそう見せたいからだ。その見せたい気持ちを肯定することにも意味はある。そうでなければ、人と人の関係は成り立たない。

何かを否定するのは簡単だ。そんなことは誰でもできる。肯定するのは、簡単に見えて難しい。肯定することは、対象をありのままに受け入れることだから。

『夜、街の隙間』というこの映画は、その肯定することをうまく描いている。

そこには否定もなくはない。だが否定すること自体をも肯定するようなしなやかさがある。初めて観たときはそんなことは思わなかったが、二度めの今は思う。

誰かを愛したくなる映画だ。と、昔ある人が僕に言った。確かにそうかもしれない。

僕にとっての誰かは、詩になるかもしれない。なっちゃダメだろうと決めつけることはないのかもしれない。

僕は調味料をつくる会社に勤めている。主力商品は各種スパイスやハーブ。最近、『和のカレーやや辛』というレトルトカレーのヒット商品を出した。

今は日本橋にある本社にいる。墨田区の本所吾妻橋にあるマンションからそこまで、都営浅草線で通っている。乗り換えはなし。それ一本で行けるから便利。だからそこに住んだ。浅草や隅田川が近いのはいいなとも思って。

浅草は台東区だが、隅田川を渡ればもう墨田区。本所吾妻橋は浅草の次の駅だ。マンションのすぐ裏を川が流れている。隅田川につながる北十間川。川幅が十間だからその名になったらしい。十間は、二十メートル弱だ。

マンションからは東京スカイツリーも近い。だから結構太く見える。骨組みまではっきり見える。行ったことはない。近場にある名所は案外行かない、という理由もあるが、その前にまず。五十男が一人で東京スカイツリーには行かない。

そう。僕は五十歳。自分で言うのも何だが、ただの課長。

そうなったのは八年前。もう部長にはなれないと思う。なりたいという気も特にない。そんな辞令が出たらなるつもりはある。その程度。

で、この歳になればわかる。その程度の人間は部長にはなれない。人を引っぱるリーダーにはなれない。課長だって人を引っぱりはする。ただ、これまた自分で言うのも何だが。部長の力を借りて引っぱっているような部分もある。

大学を出てから、僕はずっと今の会社にいる。僕の世代だと、一度も転職していないのはむしろ珍しいほうかもしれない。文系なので、やはりずっと営業畑。担当する地域の各小売店をまわるのが仕事だ。

初めは西部営業所にいた。日本の西部ではなく、東京の西部。立川。そこから板橋の中央営業所に行き、本社に行った。

そこにいるあいだに、鶴岡詩が入社してきた。

同じ広域営業課にいたが、ただそれだけ。歳が離れているので、僕が教育係のようなものになることはなかった。

そこは広域というだけあって、新人がいきなり配属されるような部署ではない。だから意外だった。詩はかなり期待されていたのだ。入社試験にトップ合格、というようなことでもあったのかもしれない。

実際、仕事はできた。離れた場所から見ているだけで、事務処理能力の高さが伝わってきた。速いし、ミスはしない。それでいて、おっとりしていた。

新人歓迎会のときに席が近くなったので話をした。あとは、会議のときやその前後に少し話すぐらい。初めはそんなだった。

ただ、一度、休憩所で一緒になり、言われたことがあった。

「沢田さん、すごいんですね」

「ん？　何が？」

「聞きました。ハートマートの都内ほぼ全店の棚をウチの商品一色にしたって」

ハートマートというのは、首都圏でチェーン展開しているスーパーだ。どちらかといえば郊外型。店によっては衣料品や寝具なども扱っている。

「それは大げさ」と言い、僕は説明した。「まず、全店でも何でもないよ。そのときに僕がいた中央営業所近辺の店だけ。親しかったエリアマネージャーの人が、ウチの社名を出してキャンペーン展開してくれたの。ずっとというわけでもなくて。一ヵ月ぐらいだったんじゃないかな。あと、ウチの商品一色っていうのも大げさ。調味料の商品棚が一社一色になるはずないよね。それじゃ店自体の売上が落ちちゃうし。よその会社さんの商品が好きな人だっているわけだから」

「でもすごいですよ。調味料の棚で一社の名前を出してキャンペーンを打つなんてこと、あります？」

「そんなにはないだろうけど。そのエリアマネージャーさんは結構仕掛ける人でさ、遊び心があるというか、思いついたらやってみるタイプなんだよね。だから僕の手柄じゃなくて、その人のおかげ。話を聞いたときは、逆に僕が言ったよ。そんなことしてだいじょうぶなんですか？　って。そしたら、うれしい言葉」

「おぉ。うれしい言葉」と詩は笑った。

「確かにうれしかったけど、あせりもしたよね。他社の営業さんたちに、裏で何かやってると疑われるんじゃないかって」

「お金を渡してる、とかですか？」

「そうそう」

「渡して、ないですよね？」

「ないよ。そんなお金を会社が出すわけないし、僕個人も出すわけない」

「でもその冒険心あるエリアマネージャーさんに気に入られたんだから、やっぱり沢田さんはすごいですよ」

そんなことを十三歳も下の女性社員に言われるのは恥ずかしかった。

詩は僕をいいように見すぎていた。若い社員にありがちなことだ。伝え聞いた先輩社員の仕事ぶりを過大評価してしまう。

だから僕はさらに言った。

「いや、それも鶴岡さんが思ってるようなことではないんだよ。僕の営業能力の成果とか、そういうものではないの」

「どういうことですか？」

「僕はさ、ジャズが好きなんだよね」

「ジャズ」

「そう。音楽のジャズ。で、そのエリアマネージャーさんもそうだったの。かなりのジャズファン。僕どころじゃない。ファンというよりはマニアに近い感じかな。エリアマネージャーになってたぐらいだから、歳も僕より十は上だしね。逆に言うと、僕の歳でジャズを聞いてるのも珍しいんだけど」

「そうなんですか」

「うん。周りにもほとんどいないね。鶴岡さんの周りには、いる?」

「いない、ですね」

「だと思うよ。そのエリアマネージャーさんの周りにもそんなにはいなかったみたいだし。それでさ、ハートマートで会ったとき、たまたまそんな話をしたんだよね。音楽の話」

「スーパーの人と、たまたまそんな話になります?」

「なったんだね。もちろん、どんな音楽を聞くんですか? なんて言ったわけじゃないけど。ほら、店にはBGMが流れてるでしょ? そのときに流行ってる曲とかを単調にアレンジしたあれ。で、商品棚の前でいろいろ話してるときに流れてきたのがジャズの曲だったの。『マイ・フェイバリット・シングス』。いや、そもそもはジャズの曲でもなくて、ミュージカルの『サウンド・オブ・ミュージック』か何かの曲。それをジャズのジョン・コルトレーンがやって有名になったっていう」

「『サウンド・オブ・ミュージック』は、聞いたことあります。名前だけ」

「うん。映画にもなってるしね。曲も、聞けばわかると思うよ。CMでつかわれたりもするから」

「すいません。話の腰を折りました。それで?」

「それで、つい言っちゃったんだよね。あ、『マイ・フェイバリット・シングス』だって。そしたら、そのエリアマネージャーさんが反応したの。お、すごい、わかるねって。で、僕は、コルトレーンがやってますから、と。エリアマネージャーさんは、コルトレーン！　と。そのあとはもう、事務所でずっとジャズ談議」

「へぇ。すごい」

「コーヒーとケーキまで出してくれたからね」

「ケーキも！」

「一口にジャズと言っても、実はいろんなのがあってね。スウィングとかディキシーとかのトラディショナルものに、ビバップにハードバップにラテンにフリー。好みは分かれるんだよ。僕はハードバップが好きでね。まあ、それが、ジャズと聞いたときに、普通、人が思い浮かべるものだと思うんだけど。ドラムとベースとピアノのリズム隊がいて、そこにトランペットとかサックスが絡むっていう」

「あぁ。何となくわかります」

「僕らはその中での好みも近かったの。だから話が合っちゃって。その時期は、何度か飲みにも行ったよ。接待とかそういうんじゃなく。払いも割り勘で、あくまでも個人的に。それからしばらくして、その人が言ってくれたの。沢田くんのとこの商品で大々的にやってみるからって。で、実際にやってくれた。と、そういうわけ。だからさ、ほんと、僕の力でも何でもないんだよ。僕はたまたまジャズを聞いてただけ。それが役に立っただけ。努力ゼロ。運のみの、結果オーライ」

「そうなんですか」

「そうなんだね」

「だとしても、すごいですよ」

「何が？」

「その運が」

そう言って、詩は楽しそうに笑った。

その後、僕は同じ本社内にあるマーケティング企画室という部署に異動した。初めて、商品を動かす側から商品を生みだす側へまわったのだ。

そこでも、当時の課長にそのハートマートの話を持ちだされた。営業経験を活かして、そちらからの目線でいい企画を頼む、と言われた。マズいな、と思った。

ジャズ好きのエリアマネージャーさんと意気投合した結果うまくいったことは、詩だけでなく、ほかの人たちにも話していた。僕にしてみれば、単なる幸運、という話。だがほかの人たちはそうとらなかったらしい。奥ゆかしい謙遜、もしくは、巧みな営業戦略、ととったのだ。

そのマーケティング企画室にいたのは二年。そこでは何も実績を残せなかった。自身の感覚で言えば、僕は早めに見切りをつけられた。企画開発の才はないと判断されたのだ。そして営業に戻された。

今思えば、そこは僕の社会人ならぬ会社人としての分岐点だった。どの部署でも力を出せるか。踏んばれるか。僕は試されたのだ。力を出せなかった。踏んばれなかった。そういうことだろう。

そして僕は北陸営業所に異動した。石川県の金沢市だ。

といっても、別に懲罰人事ではない。僕は結果を残せなかっただけ。罰を与えられるようなことはしていない。ごく普通の異動だ。

ただ、僕が単身者であることは、おそらく影響していたはず。家族がいないのだからいいだろう、と判断されたわけだ。

そこには四年いて、長野営業所に行った。その際、課長の役が付いた。

金沢も長野も好きだった。どちらも寒かったが、いい経験になった。

東京以外の街もいいものだ。次もまたどこか地方都市でいいかな。と思っていたら、三年で東京へ戻ることになった。また本社の広域営業課だ。

そしてまた、詩と一緒になった。僕が異動した一年後に詩も異動してきたのだ。

詩は札幌営業所へ行き、そこで三年を過ごしたあと、本社に戻っていた。部署が業務用営業だったので、顔を合わせる機会はあまりなかった。だから詩が同じ本社にいることを僕が意識することもなかった。

詩はまだ結婚していなかった。三十代半ばだから特に遅いことはないし、これからしてもおかしくはないが、それでも少し意外に感じた。そういうことはうまくこなしそうというか、自らが思い描いたプランどおりに人生を進めていきそうな気がしたのだ。

ただ、そうなると。そこへの執着はあまりない人なのかな、とも思った。そこ。結婚。

広域営業課でまた一緒になったのが三年前。

そのとき、詩は僕に言ってくれた。

「あぁ。沢田さんと一緒でよかったです」

もちろん、おかしな意味にはとらなかった。顔なじみの人がいてくれてよかった。そうとった。詩もそのつもりで言ったと思う。沢田課長ではなく、沢田さんと言ってくれたのはよかった。昔から知っているからこそ、だ。

ウチの会社も、部署名は横文字が増えている。だが課長は課長だし、部長は部長。課長は名字に課長を付けて呼べ、とは言われない。逆に、堅苦しいから名字にさん付けで呼べ、とも言われない。そこは個人の自由。課長を付けて呼ぶ社員もいるし、さん付けで呼ぶ社員もいる。その中での沢田さんはうれしい。僕は課長を付けてほしくないタイプだから。

詩もすでに主任。僕は課長だが、統括課長ではないので、厳密には詩の上司でもない。もう中堅社員の域に達した詩とまさに横並びで仕事をした。

詩はできる社員だった。それは初めからわかっていたが、離れていた十年で、さらにできる社員になっていた。相変わらず仕事は速いし、ミスはない。それでいて、やはりおっとりしていた。

グループの中でペアでかかっていた仕事が一段落したところで、初めて飲みに行った。帰りがけ、詩に言われたのだ。さらりと。ご飯食べて行きませんか？ と。

昼ならともかく、夜。二人ではマズいかな、と思ったが。男女とはいえ、歳の離れた同僚。考えすぎだろ、とも思った。むしろ断るほうが変。意識過剰だ。

駅の近くにある普通の居酒屋に入った。焼鳥がメインのチェーン店だ。

仕事の話をしたのは初めだけ。あとはくだけた話をした。

「ほんとによかったですよ。今のところに沢田さんがいてくれて。三十四にもなると、新しい部署に慣れるのは大変だから」

「大変そうには見えないよ」

「そうですか?」

「見せてないだけなのかな」

「そんなこともないですけど」

「わかるよ。見せてないようにも見えない」

「ならよかった。沢田さんがいてくれると、仕事は本当にしやすいです。ここだけの話、前のとこにはそういう人がいなかったんですよ。何ていうか、上を見てる人ばかりで」

「確かに僕は、上を見てないもんなぁ。どう考えても課長止まり。この先はないし」

「あ、その上ではないです」

「え?」

「上の顔色ばかり窺(うかが)う、の上です」

「あぁ。そっち。僕も、一応、窺ってはいるつもりだけど」

「沢田さんはちょうどいいんですよ」

「何が?」

「窺い方が。窺いすぎないです。いいところでとどまります。変に出世を意識してないからそうなのかなと、これは今思いました。入社一年めで一緒になったとき、あ、この人はやりやすいなって、もう思いましたし」

「そのときは、ほとんど一緒に仕事をしてないよね」

「だからこそわかりました。一緒に仕事をしてるわけじゃないのにちょっとしたフォローはしてくれたり。わたしがやりやすい形に整えてから仕事をまわしてくれたり」

「どっちも記憶にないな」

「だと思います。そういうことを無意識にできる人なんですよ、沢田さんは。だから好きでしたもん。異動したときは、すごく残念でしたよ」

「その異動で失敗して、次は金沢だからね」

「失敗したんですか？」

「いや、失敗はしてないんだけど。成功もできなかったね」

「その金沢も、かなりショックでした」

「僕は楽しんだけどね。金沢はいいとこだったし」

「わたしも札幌は楽しみました。いい街でした」

「住めば都という意味でもなく。いい街だよね、金沢も札幌も」

「そうですね」

「僕はもう東京には戻らないのかと思ってたけど。戻ったなぁ」

「よかったですよ、戻ってくれて。わたし自身もよかったです、戻れて」

「出戻り同士、また同じ部署で一緒になるとはね」

「うれしかったですよ、ほんとに」

「うん。驚いたよね」

「いや、うれしくはありませんでした？」

そう言って、僕はカウンター席の右隣にいる詩の顔を見た。

詩も僕の顔を見て、言った。

「あぁ。この感じ」

「ん？」

「伝わってませんね？」

「何が？」

「さっきわたし、沢田さんのことが好きだって言ったじゃないですか」

「言った？」

「フォローとかが無意識にできるから好きだって」

「あぁ。言ったか」

「それ、もうちょっと強い好きですよ」

「強い？」

「はい。わたし、沢田さんのことが好きだから、こうやって飲みに誘ってますよ。昔も好きでしたけど、また一緒になって、また好きになりました」

「そう、なの?」

「はい。ずっと好きだったわけではないです。沢田さん、異動になって金沢に行っちゃいましたし。その後もずっと想いつづけたとか、そういうことはないです。でも、また一緒になったら、沢田さんは変わってなくて、やっぱり好きでした」

「それはどうも」と間の抜けたことを言うしかなかった。

しかたない。僕らは同僚で、歳が十三もちがうのだ。その差は大きい。そのときで僕は四十七。好きと言われたから自分も好きになる、という歳でもない。

詩がその場で言ったのはそれだけ。付き合いたいとか、そういうのはなかった。もちろん、僕が言いだしもしなかった。

それからも、何度か飲みには行った。自分からは誘わなかったが、誘われれば応じた。あくまでも歳の離れた同僚として。

そこで詩がまた同じようなことを言ってきたりはしなかった。それにはほっとした。多少は残念に思う気持ちもあったが、安堵のほうが強かった。

ただ、詩も笑顔でこのぐらいのことは言った。

「沢田さんからも誘ってくださいよ。誘ってくれれば、わたし、喜んで飲みに行きますから。割り勘でも行きますから」

うれしかった。僕もこのぐらいのことは言うようになった。

「鶴岡さんがいてくれると、すごく仕事がしやすいよ」

だがそこ止まり。僕らがどうこうなるのは、やはり無理があるように思えた。

詩が本気であることはわかった。いくら鈍い僕でも、そこを疑いはしなかった。

声をかけてきたのは詩。それは明白な事実。思いちがいでも思い上がりでもないはずだ。僕自身にそうする気はまったくなかったのだから。

と、そんなふうに言うとかえって誤解を招くかもしれない。

ちがうのだ。僕に何か特別な魅力があるとか、そういうことではまったくない。僕に魅力などない。自分をダメ人間だとはさすがに言いたくないが。僕は、生まれて五十年経ってしまった、ただの男。最も実像に近い言葉で言えばこれ。おっさん。

単純に、詩が歳上に惹かれる人なのだと思う。自分より遥かに上の男性が好きな女性もいる。詩もそうなのだ。

では僕自身はどうか。特に歳下が好きということはない。同じく歳上が好きということもない。まず、そんなふうに考えない。年齢で考えない。

詩のことは好きだ。シンプルにそう言える。女性としても好きだと思う。嫌いになる要素がない。だが、そんなふうに詩を見ていなかった期間が長すぎた。しかも、僕の歳も歳。二十代のころのようにはいかない。好きだから、だけでは踏みこめない。

スクリーンには、タクシーの中のシーンが映しだされている。

後部座席に座っているお客は戸倉有彦だが、ドライバーは二十代後半ぐらいの女性森井希羽。

さっき中年男性ドライバーに車から降ろされた戸倉有彦は、また別のタクシーを拾ったのだ。性懲りもなくといえば性懲りもなく。

「適当にこの辺を走ってればいいんですか?」と森井希羽が尋ね、

「うん。ありがとう。たすかったよ、乗せてもらって」と戸倉有彦が返す。

森井希羽が戸倉有彦を気味悪がる様子はない。自らこんなことを言う。

「知ってます? この時間、銀座では流しのタクシーを拾えない決まりになってるの」

「え? そうなの?」

「はい。午後十時から午前一時までは」

「ごめん。知らなかったから」そして戸倉有彦は言う。「あれっ。でも、じゃあ、どうして」

「数乗せないと儲けになんないから」

「あぁ」

つまり、ドライバーの森井希羽自身がその決まりを破ったわけだ。お客を得るために。

僕も知っている。銀座にはタクシーの乗車禁止地区というものがある。そこでは、土日や祝日を除く日の午後十時から翌午前一時まで、乗場以外ではタクシーに乗れないことになっているのだ。

理由はどうあれ、戸倉有彦は受け入れられた。よかった、と素直に思う。

次いで。詩は僕を受け入れてくれたのだな、と思う。初めからずっと受け入れてくれていたのだ。見ようによっては、それを僕が拒んでいる。あの中年男性ドライバーのように。意固地に。

登場人物の一人である須田登がジャズベーシストだから、この『夜、街の隙間』にはジャズが出てくる。クラブでの演奏シーンもある。

だから、映画がこの映画館で再上映されるのを知ったとき、一瞬、詩を誘ってみようかと思った。初めて自分から誘ってみようかと。僕が好きなジャズという音楽を詩にも知ってほしかったから。感じてほしかったから。

本当にそうするつもりでいた。が、とどまった。誘うこと自体をためらったのではない。この映画は自分一人で観るべきだと思い直したのだ。これを単なるデート映画として扱うべきではない。そんな思いがどこかにあった。

42　バー・カウンター席（夜）

　壁に沿ったいくつかのテーブル席とカウンター席だけの狭い店。

　純孝はウイスキーのロック、れみはカクテルを飲んでいる。

れみ「（カウンター内の一点を見つめて）自分よりずっと大きい人に力ずくで押さえつけられたこと、ある？」

純孝「え？　（とれみを見る）」

れみ「（カウンター内の一点を見たままで）こわいもんよ、そういうのって。相手が自分の知ってたりする人だと、特に。複数だったりすると、なお」

間。

れみ「一時期は、もう誰とも話したくないし、誰とも関わりたくないと思ったの。でも人間て、それですむようにはできてないのよね」

純孝「だろうね」

間。

れみ「わたしね、夜より昼のほうがこわいの。昼間って、すべてのものが見えちゃうから。悪意とかそんなものまで。って、こんなこと、初めて人に言ったな」

夜より昼のほうがこわい。わかるような気がする。

だがこれを初めて観たときはわからなかった。いや、夜のほうがこわいだろ、と思った。悪意なんて見えないだろ、と。

そのころ、僕はまだぎりぎり二十代。夜はただ夜だった。空が暗くなるだけの時間。世の中の多くの生産活動が止まり、電車も止まるというだけの時間。

それから二十年分以上、単純計算で七千回以上の夜を過ごしてきた今は、やはりわかるような気がする。

暗くなることでごまかされているだけなのかもしれない。すべてを見なくてもすむ、というだけのことかもしれない。だがそんな時間があることも大事なのだ。闇に包まれることで生まれる安心感もある。昼にそれはない。光に包まれている感じはしない。夜にはそれがあるのだ。何か、こう、包まれている感じが。

二十九歳のとき、初めてこの『夜、街の隙間』を観た。

観たあとで、篠こだまと別れた。まさに観た直後に、この映画館の前で。何故かそこにいたチケット売場の窓口の人には見られていたかもしれない。

こだまは初めから別れるつもりでいたのだろう。僕はそう思った。そうじゃない、とこだまは言った。わたし、これから別れる人と一緒に映画を観たりはしない。観てるうちに、こうしようと思ったの。

当時はやはりよくわからなかった。映画への理解が深まった今は、やはり少しわかる。

こだまは映画が好きだった。大学時代は映画のサークルに入っていた。撮るほうではない。観るほうだ。映画を観て、あれこれ論じたりする。映画だけでなく、時には小説についても論じていたらしい。

英くんも一度来てみれば？　とこだまに軽く誘われたこともある。だが僕はその論じるという部分が苦手だったので、同じように軽く断った。

そのサークルには井山克明もいた。といっても、在籍していただけ。熱心なメンバーではなかった。かけもちしていたサッカーのサークルが最優先。次に来るのがアルバイト。その次がやっとそのサークル。という感じだった。

僕はといえば、アルバイト一辺倒。特に何を買うという目的があったわけでもないのに、一年から四年まで、就職活動の時期を除いて、常にアルバイトをしていた。

結構いろいろなことをやった。長期だと、ボウリング場、喫茶店、ビル清掃。短期だと、パン工場、警備員、交通量調査。

交通量調査は、地味にきつかった。もう、ただただ長かった。交差点の角に置かれたパイプイスに座ってカチカチやるだけ。それを延々と続けるだけ。休憩の時間はすぐに経ったが、仕事の時間は本当に長かった。このまま一日が終わらないのではないかと本気で思いかけた。

調査対象が車であるにしろ人であるにしろ、大ざっぱにやってもバレないのだが、そこは一台一台、一人一人、正確に数えた。わずかな誤差もない正確な数字を出してやろうと思った。ほかに気の紛らしようがなかったから。

そんなふうにアルバイトはいくつもやったが、大学を卒業して入った会社は辞めずにここまで来た。

そのアルバイト経験がよかったのかもしれない。辞めて次に移るとまたゼロから。それは骨だと知っていたのだ。無理なら辞めればいい。だが無理でないなら辞めなければいい。辞めることにメリットはない。それがある場合にだけ辞めればいい。いつの間にかそう考えるようになっていた。

僕が就職活動をしたころは、まだ学生にとっていい時代。売手市場だった。その二年後ぐらいにピークが来て、バブルははじける。それからは長い就職氷河期が続く。

だから僕らはその時期の人たちよりもいい会社に入れた。内定を三つも四つももらう者もいたし、内定の解禁日は会社に拘束旅行に連れ出される者もいた。

それは逆に言えば、さして優秀でもないのに上の会社に入れたということでもある。僕もそうだが、仕事で壁にぶつかる者は多かった。辞めていく者も多くいた。五十歳の今、会社に残っている同期は二割だ。

と、それはともかく。

こだまと克明とは大学で知り合った。語学のクラスが同じだったのだ。だから入学当初から知っていた。

僕はまず克明と親しくなり、次いでこだまと親しくなった。それは、まあ、克明のおかげだ。同じサークルということで克明がよくこだまと話していたから、僕もそうするようになった。

克明とこだまが同じサークルに入ったのは偶然ではない。そのサークルの話を克明から聞いたこだまが、軽い気持ちで参加したのだ。そしてそのまま居つづけた。

克明はすぐに身を引いてしまい、サッカーのサークル絡みでカノジョもできたから、むしろ僕のほうがこだまと親しくなった。

僕らは大学二年の終わりから付き合った。僕が誘い、こだまが受け入れた。

付き合うようになって初めて、二人で映画を観に行った。克明と映画を観に行ったことはあったが、こだまとはなかったのだ。

そのときに来たのもこの映画館。観たのは、『マイ・ビューティフル・ランドレット』。こだまが選んだ。僕が初めて観たミニシアター系の映画だ。その少し前に克明とシルヴェスター・スタローンのアームレスリング映画『オーバー・ザ・トップ』を観ていたので、セットで覚えている。何というか、対照の妙で。

こだまと三人で会うことはなかったが、僕は克明ともよく遊んでいた。短期のアルバイトがしたいと言うので、交通量調査のアルバイトに引きこみもした。

映画は、こだまとよりもむしろ克明と多く観ていた。ジャッキー・チェンの『サンダーアーム／龍兄虎弟』も『プロジェクトA2　史上最大の標的』も観た。スタローンとジャッキー・チェン。僕ら世代のアクション両巨頭だ。

映画のサークルにいたこだまに言ったことはなかったが。例えば『ロッキー』も『ランボー』も、一作めはいい映画だったと僕は密かに思っている。ジャッキー・チェンに関しても、一作めの『プロジェクトA』は今もたまに観たくなる。わざわざ観に動きはしないが、何らかの機会があれば観てしまうだろう。

付き合ってからは、こだまとも頻繁に映画を観るようになった。デヴィッド・リンチの『ブルーベルベット』も観たし、ウディ・アレンの『ラジオ・デイズ』も観た。ヴィム・ヴェンダースの『ベルリン・天使の詩』も観たし、リュック・ベッソンの『グラン・ブルー』も観た。この映画館で観たものも多い。

ミニシアター系の映画を観てこだまとあれこれ話すのは楽しかった。スタローンやジャッキー・チェンの映画を観て克明とそんなふうに話すことはなかったが、こだまとは話せた。好きな人と二人でなら映画を論じるのも悪くない、と思った。好きな人が好きなものについて話すのを見ているのはいい、と。

話したことで覚えているのは、例えばこれ。個々の作品についてではなく、映画そのものについて交わした会話。

「映画が何かを変えることって、あると思う?」

「ないでしょ。映画はあくまでも娯楽。それに何かを変えられてるようじゃダメなんだと思うよ」

「英くんらしい答」とこだまは笑った。「わたしは、あると思うな。だって、今自分がすごく好きな映画を知ってるわたしと知らないわたしとでは、何かが少しちがってるような気がするもの。その少しが案外バカにできないような気もする」

言われてみればそうかもな、とそのとき僕は思った。スタローンとジャッキー・チェンを知っている僕と知らない僕。何かが少しはちがっているかもしれない。その二人の映画が僕というものを構成する千もしくは万の要素のうちの一つになっている可能性はある。見方を変えれば、人間を構成する要素はそんなにも多いわけだが。

話したことだけではない。こだまの手のことも覚えている。というより、こうして実際に映画館の座席に座っていることで、思いだした。

二人で映画を観ているとき。毎回ではなかったが、こだまが手を重ねてくることがあった。ロマンティックなシーンでとか、そういうことではない。ただ思いついたように重ねてくるのだ。いや、あれは思いつきですらなく、無意識の行為だったかもしれない。

手の甲に手を乗せられることが多かったので、僕がすぐにその手を握るようなことはなかった。いくらか間を置いて自分の手の上下の向きを変え、指をこだまの指と絡ませる。そして最後に手をつなぐ。そうなることが多かったように思う。

こだまが自然と手を乗せてくるその感じはとてもよかった。外を歩いているときに手をつないできたりはしないのに映画館の中ではそれをしてくる感じもとてもよかった。僕らは今同じものを観ている。同じものに触れている。そんな感覚を味わえた。

映画は再びタクシーの中のシーン。

車は銀座を走りまわっている。

運転する森井希羽は、後部座席の戸倉有彦に、ここ曲がりますか？　次はどうしますか？　といちいち訊いたりはしない。ただ銀座を走りまわってほしいと言われたので、ただ銀座を走りまわる。余計なことは考えない。

森井希羽はこだまと少し似ている、と昔は思っていた。役の感じがではなく、単に顔が。こだまにそう言ったこともある。似てないでしょ、とこだまは言った。

こうして今見ると。似ていない。だがそれはもしかすると、僕が当時のこだまの顔を忘れかけているからかもしれない。

五十歳の今だからわかる。時間は確実に記憶を変える。いや、変えるというよりは、そのままにとどめておくことを許さない。記憶の持主である僕自身がその後あれこれ経験することで自然とそうなるのだろう。

それまで黙っていた戸倉有彦が森井希羽に言う。

「夜はタクシーの運転手さんにとって、どうなのかな。昼間よりは、お客さん、少ないでしょ？」

森井希羽はこう応える。

「その代わり、ほとんどが長距離だし、深夜割増もあるから」

「あぁ、そうか」

この映画は一九九五年につくられたものだが、設定はもう少し先だ。

実は当時、女性の深夜勤務はまだ認められていなかった。深夜にも勤務する女性タクシードライバーがいたらどうなるか。そこが映画の起点なのだそうだ。雑誌のインタヴューで、監督の末永静男自身が言っていた。いずれは認められるでしょうから、そのころの話です。時代はいつでもいいんですよ。映画がつくられたあとも時間は経っちゃいますし。

またしばらく黙ってから、戸倉有彦は言う。

「もう何度も訊かれてうんざりだろうけど。女の人だと、こういう仕事はやっぱり大変？」

「さあ。男だから楽ってことでもないと思うけど」

さらに黙ってから、戸倉有彦は言う。

「名前、訊いてもいいかな」

「それ、勝手に見てくれますか。必要以上にお客と接触しないようにって会社に言われてるから」

それ、というのは助手席の前に掲げられている乗務員証だ。

戸倉有彦は腰を浮かせて助手席のシートに身を寄せ、それを見る。

「えーと、モリイさん。下はこれ、キワさん、でいいのかな」

「そう」

「希望の希に羽で、希羽さん。いい名前だね」

「子どものころは何だそれってよく言われたけどね。大人になってからはみんな手のひらを返したみたいにそう言うの。本人にしてみたら面倒なだけ。いちいち希望の希とか言われちゃうから」

「希望ぐらいしか、ぱっと思いつかないもんね」

そして車は信号待ちで停まる。

森井希羽が自ら言う。

「ねぇ、たばこ吸っていいですか?」

「あぁ。どうぞ」

「どうも」

森井希羽は実際にたばこを吸う。自分のライターで素早く火をつけて。

信号が青に変わり、車は動きだす。

戸倉有彦が言う。

「あの、希羽さんは」

「独身」

「え?」

「そういう質問じゃなかった?」

「いや。そう」と戸倉有彦は正直に答える。

「でも子どもがいるの。コブ付きってやつ」

この映画には四組の男女が出てくる。僕と年齢が近いのは、歳が最も上の二人、洋画家の滝口太造とクラブのママの石崎育代だ。滝口太造はこのときもう六十代だったろうが、石崎育代は今の僕と同じぐらい。だから心情もその二人と近い。

初めて観たときは、ちょうど戸倉有彦と森井希羽と同じぐらいだった。だからこの二人の立場で観た。

森井希羽に惹かれた。それは結局、僕自身が戸倉有彦に近かったからだろう。そして僕が森井希羽に惹かれたのは、森井希羽がこだまとはちがっていたからだろう。

こだまはおそらく、戸倉有彦をタクシーから降ろしていた側の人だ。あの中年男性ドライバーの側。

悪い意味で言っているのでは決してない。その場その場でリスクを回避し、正しく動ける人、ということだ。この映画をこだまと二人で観たとき、そんなようなことを、僕はすでに感じていたと思う。

大学を卒業すると、僕は今の会社に入り、こだまは軽金属を扱う会社に入った。

大学時代から付き合っていたカップルにとって、就職は鬼門だ。それを機に別れてしまう人たちは多い。

すぐに別れるのではない。それぞれ別の環境に身を置いた結果そうなるのだ。ただ、双方がそれを理解するから、円満に別れることも多い。関係の発展的解消、みたいなものだ。

幸い、僕とこだまはそうならなかった。就職してからもそのまま付き合いつづけた。

学生のころほどの頻度ではなくなったが、映画も観に行った。もう僕が克明と観に行くことはなかったが、こだまとは行った。

お互い仕事にも慣れ、久しぶりにゆっくり映画でも、となって観たのが『ニュー・シネマ・パラダイス』だ。映画や映画館を題材にした映画。ミニシアター系の代名詞とも言える作品。

これまでで一番、とこだまは僕に言った。ぱっきり一番と決めてしまっていいと思う、と。

この映画は九ヵ月も上映されたので、僕らも二回観た。そうしたいとこだまが言ったからだ。観たあとで、二回観ても一番？　と尋ねたら、二回観ても一番、とこだまは答えた。一番の地位がより強固になった、と。

その後、パトリス・ルコントの『髪結いの亭主』も観たし、コーエン兄弟の『バートン・フィンク』も観た。ジム・ジャームッシュの『ナイト・オン・ザ・プラネット』も観たし、ロバート・アルトマンの『ショート・カッツ』も観た。こだまの一番に取って代わるものは出なかった。

僕とこだまの付き合いは順調だった。

と、僕は思っていた。

思っていただけだった。

『ショート・カッツ』を観たあとぐらいだろうか。こだまが克明と頻繁に会っていたことが判明した。何度も二人で飲みに行っていたというのだ。

共通の友人からたまたま聞いて、僕はそのことを知った。

こだまとの共通の友人ではない。克明との共通の友人だ。大学時代のゼミ仲間。ゼミの同窓会のような飲み会をやるからとかかってきた電話でその話が出た。井山はよく篠さんとかいう人と飲みに行くらしいよ、とそんな言いまわしで。

そのゼミ仲間は僕に告げ口をしたわけでも何でもない。そもそも彼とはそこまで親しくなかった。彼は僕がこだまと付き合っていることを知らなかった。あくまでも飲み会の幹事として僕に電話をかけてきただけ。僕が克明の友人であることは知っていたから話の接ぎ穂にその件を出しただけだった。

そのゼミの飲み会には、結局、行かなかった。仕事で行けなかったのだ。

ただ、その話は気になった。まさかそこで克明の名前が出てくるとは思わなかった。知り合いではあるから、意外ではない。が、出てくるタイミングはやはりおかしかった。

僕はそのことをこだまに訊いた。責めた感じは出さなかったはずだが、こだまの反応は強かった。

「だから何？」

そう言われ、僕も引けなくなった。

こだまは説明した。

こだまが勤める会社も克明が勤めるリース会社も本社は秋葉原にある。そして二人はどちらも本社にいる。利用するのもＪＲ秋葉原駅。あるときその駅で偶然会い、飲みに行ったのだという。

「ただそれだけ。おかしなことは何もないよ」

こだまはそう言った。

そこは僕も疑わなかった。少なくともその、駅で偶然会った、という部分は。そういうこともあるだろう。あの広いＪＲ秋葉原駅でだってあるだろう。

「駅のホームで会ってたら話をしただけだったと思う。でも会ったのは改札を通る前だったの。だから、足を止めて、周りの邪魔になるからわきによけて。少し話したの。それで、飲みにでも行こうか、となった」

こだまはそうも言った。

そこも僕は疑わなかった。少なくともその、会ったのは改札を通る前だった、という部分は。そういうこともあるだろう。そこで会えば立ち止まるだろう。邪魔になるからと、わきによけもするだろう。それは自然な流れだ。その行動もその偶然も信じないわけではない。

ただ。克明と二人で飲みに行く必要はない。

と言いつつ、わかることはわかる。二人は大学の同級生。それなりに仲はよかった。いや、それなり以上、ではあった。何せ、僕がこだまと親しくなるきっかけをつくったのは克明なのだ。だとしても。克明は僕がこだまと付き合っていることを知っている。

僕は言った。

「でもそれを、こだまは僕に言わなかったわけだよね」

「言ったらこうなるから言わなかっただけ。言う必要がないじゃない。何もないんだから」

「言う必要が、ないかな。克明のことはおれも知ってるのに」

「だからこそでしょ。それで英くんが井山くんに対してマイナスな感情を持つようになったらいやだもの」

「飲みに行ったのはそれ一度？」

そう尋ねてみた。

こだまは正直に答えた。

「それから何度か行った」

「何度かっていうのは？」

「三度か四度」

なら四度だろうな、といやなことを思った。五度かもしれない、十度かもしれない、とも。

「でもね、本当に何もないの。あるわけない。飲んで楽しかったし、こんな近くで働いてるんだからたまには行こう、となっただけ」

「それも、言わなかったわけだよね」

「言わなかった。それはごめんなさい。何もないから、やっぱり言う必要はないと思って」

「何かあったとしても、言わないよね」

「何かあったと思ってるの？」

「いや」と僕は言った。そうは思ってない、と続けるつもりが、口からはこんな言葉が出た。

「わからない」

そんな話を聞いてすぐに、そうは思ってない、と言うのはあまりにも人が好すぎるような気がしたのだ。何もないから言わなかったのではなく、何かあるから言わなかった。そう考えるのが普通だろう。そう考えたから狭量、とはならないだろう。

こだまが克明と何度も会う。克明は僕の友人。二人は僕のことも話しただろう。僕のことを話したいから、こだまは克明に会ったのかもしれない。克明が僕を知っているからこそだ。カレシの愚痴を聞いてもらう相手としてはちょうどいい。

それとも。根本からうそで、何かはあったのか。今もあるのか。ないのなら、こだまは僕にすんなり話していたのではないか。そうしてくれていたら、驚きはしたろうが、僕もすんなり受け入れたはずだ。

こだまの説明を聞いても、すっきりはしなかった。むしろ強い疑念だけが残った。

何日かして、克明から久しぶりに電話があった。釈明の電話だ。

克明は言った。

「いや、ちがうんだよ。沢田が思ってるようなことじゃない。ほんとにたまたま会って飲みに行っただけだよ。で、話して楽しかったから、また行こうとなっただけ。ほんとにそうなんだよ」

その電話は、いやだった。そんなことはしてほしくなかった。克明がその電話をかけてきたということは、僕と話したことをこだまが克明に伝えたということなのだ。

そして克明が言ったこれ。沢田が思ってるようなことじゃない。こだまは、二人があやしい関係にあると僕が思っている、と克明に言ったわけだ。

その結果がこう。克明は僕に電話をかけてきた。まるでこだまと口裏を合わせたかのような説明をした。

以後、こだまとは距離を置いた。

五年ほどして、こだまは克明と結婚した。

もちろん、そのことで連絡を受けたり、披露宴に呼ばれたりはしなかった。僕はあとでそのことを知った。大学時代の知り合いから聞いたのだ。克明がこだまと飲みに行ったことを僕に伝えたあのゼミ仲間ではない。また別の知り合い。

もう何年も経っていたから、ショックでもなかった。本当にそうなったのか、という意味で少し驚いたぐらいだ。それは自分の周りで起きたことではない。自分とは無関係。そう思うようにした。

今から一ヵ月ほど前、克明から久しぶりに電話があった。もうまさに久しぶり。考えてみれば、あの釈明の電話以来だ。

スマホの画面に十一桁の数字が表示された。登録した番号ではないということだから、出なかった。さすがに削除していたのだ。こだまの番号も、克明の番号も。

数秒後、留守電に切り換わった。勧誘やアンケートの類なら、留守電の音声が流れた時点で切ってしまう。だが相手はそこで切らず、メッセージを残した。

それを聞いた。

「久しぶり。井山です。えーと、こだまが、死んだよ。一応、伝えておこうと思って」

それだけ。わずか十秒ほどのメッセージだった。

すぐにこちらからかけた。

「あぁ。ごめん」と言われ、

「いや。ほんとに？」と言った。

おれらが結婚したことは知ってる？　というような確認を、克明はしなかった。僕が知っている前提で話した。

僕も余計なことは言わず、黙って克明の説明を聞いた。

死因は乳がんだった。四十代が多く、まさに後半がピークだという。かなり進んでしまった段階で見つかったらしい。手は尽くしたが、ダメだった。

聞いたのはその程度。細かなことを自分から訊きはしなかった。亡くなる前に言ってくれれば、と言いかけたが、それも言わなかった。亡くなる前に知らせるべきではないと克明が判断したのだからそれでいい、と思った。もしかすると、それはこだま自身の判断であったかもしれない。いや、そうでもなくて。こだまは僕のことなど思いださなかったかもしれない。

何とも言えなかった。遠くで起きた大災害、であるような気がした。起きたのは遠くでだが、災害の規模は大きい。

さすがにショックだった。こだまは四十代だったのだ。僕はもう五十歳になったが、こだまはまだ誕生日を迎えていなかったはずなので。

そう。九月二十八日。僕はこだまの誕生日を覚えていた。電話番号は簡単に消せるが、そういうことは忘れないものだ。

その話を聞いて、一週間ぐらいはぼんやりした。そうなったことで、ショックは大きかったことに気づいた。

そんなときに、『夜、街の隙間』がここで一週間上映されることを知った。二年前に監督の末永静男が亡くなった。その追悼上映ということらしい。悪くない企画だった。

それなのに。

この午後四時五十分の回のお客は六人。

雨の平日なんて、こんなものなのかもしれない。

今、スクリーンに映っているのは、バーのカウンター席。

四組の男女の中では最も若い溝部純孝と早川れみが並んで座っている。

しばらくは無言。

やがて溝部純孝が言う。

「小説を書いてるんだよ」

「小説?」

「もう五年近くになるかな。中々芽が出なくてね。いろんな小説誌の新人賞に実に二十回応募して、実に二十回落とされた。おれも、これは初めて人に言ったよ」

「そう」

「出版社ってさ、落ちたやつのところへは何の連絡もしてくれないんだよね。だから、原稿を送ったらもうそれっきりなの。そんなのが続くとさ、もしかすると自分はとんだ勘ちがい野郎なんじゃないかって疑問が湧くんだよ。見込みなんてまるでないんじゃないか、力を過信してるだけなんじゃないかって」

「それでも、あなたは落ちましたって紙切れ一枚で宣告されるよりは、いいんじゃない？」

「初めはそう思ってたよ。でも、少しずつ考えが変わってきた。〇点の答案だって、返ってこないよりは返ってきたほうがいいってね。いや、これは例えが少しちがうかな」

「言いたいことはわかるよ」

「それで、二十一回めに、あなたの作品が賞の最終選考に残りましたっていう電話が来た」

「じゃあ？」

「それからしばらくして、でもやっぱり落ちましたっていう電話も来た。どんな形で示されようと、落とされたショックは同じだってことがわかったよ」

そう言って、溝部純孝は笑う。

それを聞いた早川れみも笑う。

悪くないシーンだ。

若いうちは失敗しても笑える。取り返せる機会はまだあるから。実際にはなくても、まだあると思える。

歳をとってから失敗すると、笑えなくなる。失敗を笑う気にはなれなくなる。

が。それでも笑っているというのも、ありなのかもしれない。

人間は笑うために生きているのではない。結果として笑うだけだ。だが笑えるなら、笑っていればいい。

そんなことを思う。

と同時に。

よくわからない悲しみも湧き上がる。

この映画がそうさせるのか。こだまの死がそうさせるのか。

これは内側を揺すられる映画だ。外側に涙をこぼさせる類ではない。だからやはり、死なのだろう。こだまだけではない。映画の監督である末永静男のそれをも含めた、死だ。

涙をこぼさせる類ではない。と言ったそばから涙がこぼれる。

それも、僕がもう五十歳のおっさんだから。要するに、涙腺がゆるんでいるのだ。

とはいえ。こだまが言っていたあれ。映画が何かを変えること。

そんなことも、もしかしたらあるのかもしれない。その結果として、僕はこうなっているのかもしれない。

この映画を観るまでずっと、僕は自分を映画好きだと思っていた。たまには映画を観るというレベルの、ごく一般的な映画好きだと。

だがおそらく、この映画を観て初めて、映画そのものを好きになった。映画というもの自体を少しだけ理解した。

ただわかりやすくお話を伝えるだけではない。映画はこんなこともできるのだ。夜と街と人とジャズを解け合わせたりすること。解け合ったその姿を、こんなふうに見せること。

カレシとカノジョであるにもかかわらず、僕とこだまは、克明の件があってから半年ほど、電話で話すだけになっていた。

その電話でこだまは言った。久しぶりに映画を観に行きましょう。行こうよ、ではなく、行きましょう。確かにそう言った。

何かしら特別な意思のようなものを感じたので、僕もすんなり同意した。

そして僕らはこの『夜、街の隙間』を観た。

そのあと、この映画館の前で別れるときにこだまが口にした言葉を思いだす。

「これは誰かを愛したくなる映画だと聞いてたのね。観て、思った。確かにそうかもしれない。でもわたしにとっての誰かはもう、英くんではないかもしれない」

そう。僕らは解け合えなかった。

最後の最後。本当の別れ際に、こだまはぽつりとこう言った。

「参ったわよ。この映画、これまでで一番」

断章　丸の内

〈タッツン。明日だよね？　大阪〉
〈そう〉
〈気をつけて行ってきて。って、たぶん、明日もまた言うけど〉
〈寧々はいつも何時に起きるんだっけ〉
〈六時〉
〈じゃあ、起きたらすぐモーニングコールして〉
〈六時半の新幹線なのに六時にモーニングコールじゃ遅いでしょ〉
〈それが最後の砦。七時半ののぞみでもぎりぎり間に合うから〉
〈だったら五時に電話するよ。一時間早起きして〉
〈いいの？〉
〈いいよ。その代わり、おみやげね。早起きする分、高いやつ〉

〈了解〉

〈大阪で変な遊びとか、したらダメだからね〉

〈しないよ〉

〈キャバクラとかも行っちゃダメだからね。支店の人に誘われてもダメだからね〉

〈誘われないだろうけど、誘われても行かないよ。カノジョから禁止令が出たって言う〉

〈それはそれで、何かいや〉

〈じゃあ、禁止令はなし。ただ断るよ〉

仕事の合間を見て、寧々とLINEでそんなやりとりをする。

福間(ふくま)寧々。部署はちがうが同じ会社の社員。歳は一つ下。この会社に入ったから知り合えた。やはり母のおかげだ。

寧々とは付き合って二年半。そろそろ母に紹介しようと思っている。

父が死んだのは二年前。だからもう寧々と付き合っていた。が、葬儀には呼ばなかった。親戚でないからではなく。そこまで仲が深まっていなかったからでもなく。父の葬儀だから呼ばなかった。母のなら呼んでいただろう。寧々を父に絡める必要はない、と思ったのだ。絡めたくない、と。

寧々は僕が土門道恵の息子であることを知っている。必然的に、末永静男の息子であることも知っている。あとは、僕が末永静男を嫌っていることも。

映画監督の息子に生まれると、いろいろ面倒なこともある。

例えば、望んでもいないのに小学校のお楽しみ会で劇の台本を書かされたりする。

これは毎回に近い感じでやらされる。簡単に押しつけられる。やりたい子がいたとしても、何故かその子と一緒にやらされたりする。僕もいやとは言わずにやる。自分で書けば自分を端役にできるから。

小学生のときは、まあ、適当にやっていた。お楽しみ会の劇に質を求める者はいない。クラスメイトが下手な演技を披露するだけで、皆、笑う。ワンワン！　と犬役をやるだけでも笑う。だからそんな台本を書いた。

が、小学生でも高学年になると、自分には脚本を書いたり演出をしたりする才能もないことが何となくわかっていた。

六年生の修学旅行で広島に行ったとき。班ごとに出しものをやった。ちょっとした余興みたいなものだ。

僕の班に池畑令（いけはたれい）くんという子がいた。その池畑くんの提案で、僕らは声だけの劇をやることになっていた。

台本はおれが書くよ、と池畑くんは言っていた。出しものは二日めの夜。なのに、その日の朝になってもまだ書いていなかった。何度もせっついたが、だいじょうぶだよ、と池畑くんは一人涼しい顔をしていた。

そして昼食後の休憩時間で、あっという間に台本を書きあげた。

役はみんなに振ってあるよ、本番はこれを読んでくれればいいから、と池畑くんはなお涼しい顔で言い、ここはこんなふうに、そこは低い声で、などと簡単な演出をした。

道で転ぶたびにタイムスリップしてしまう小学生の話。主役は池畑くん自身。

僕は織田信長役だった。信長として、豊臣秀吉役の子に言うのだ。お前さ、草履、あっためすぎ。これじゃ熱くて履けねえよ。

本番はかなり受けた。児童たちばかりか先生たちも笑っていた。

すごいな、池畑くん、と感心した。台本を数分で仕上げたこともすごいが、声だけの劇をやるという発想がすごい。

朗読劇ということになるのかもしれないが、あれはそれとも少しちがっていた。一人一人が台本を持つのではない。五、六人が顔を寄せ合ってしゃがみ、一つの台本を読む。読みながらやれるからセリフを覚える必要はない。お客の顔を見ることもないから恥ずかしさもない。そこには絶妙な一体感と奇妙な高揚感があった。

こういう人もいるのか、と思った。これが創作ということなのだな、と。

自分にはとても無理だと痛感した。池畑くんみたいな人が将来父のような仕事をすることになるのだろう。そう確信した。池畑くんが実際にどうなったかと言えば。公務員になったらしいが。

僕が幼稚園児だったころからすでに、父はほとんど家にいなかった。よそにアパートを借りていたのだ。脚本を書くための部屋兼各種資料置場、だったらしい。立男（たつお）は行かないようにね、と僕は母に言われていた。

だから、父と暮らした記憶もほとんどない。父はまさに、たまに来る人、だった。

とはいえ、たまに来ればうれしかった。映画監督というその言葉の響きだけで、僕は父をすごい人だと思っていたから。

だがたまに来ればうれしかったのは小学生のときまで。

そう。そこまでとはっきり言いきれる。

小学校を卒業して中学生になるとき。三月から四月にかけての春休み。僕は自分に弟がいることを知らされた。

血は半分つながっているが法的には無関係。そんな厄介な弟。父が母以外の人に子を産ませていたというのだ。

それを、僕は母から聞いた。母が自ら言ったのだ。その話が他人の口から僕の耳に入ったらいやだからと。

相手はスナックのママだという。名前までは聞かなかった。それを知ったのはもう少しあと。僕が高校生になってからだ。

そのときは自分から訊いた。興味があったからではない。知らないのも変だと思ったからだ。

本木梨美(もときりみ)。息子は洋央。ひろお。

男、ではなく、央。漢字がちがうとはいえ、お。が付いているのが不快だった。

それは偶然なのか何なのか。母もそこまでは知らなかった。が、本木梨美と洋央の存在は早い段階から知っていたらしい。

普通なら離婚となるだろう。母はそうしなかった。父に洋央の認知を許さなかっただけ。

幸い、そのあたりでこじれることはなかった。本木梨美は認知を求めなかったのだ。初めからそのつもりで洋央を産んだらしい。

母だけでなく、父が離婚を言いだすこともなかった。

だからこそ余計に、僕は父をズルい人間だと思った。要するに一番楽な道を選んだのだ。母と本木梨美。どちらに対しても責任をとっていない。まだ十二歳だったが、そのくらいのことはわかった。

僕は父と一切口をきかなくなった。もう家に来るなよ。たまにでも来るなよ。そう思うようになった。

来たらすぐに自室に引っこんだ。わかりやすく、バタン！　とドアを閉めたりした。

立男、中学はどうだ？　と言われても無視した。父は怒らず、そうか、とだけ言った。そうか、立男はおれを無視するか、の、そうか、だった。

その反応がまた僕を苛立たせた。才能があれば何をしてもいいのか？　何をしても許されるのか？　何度もそう言いそうになった。

中高生のころは、年に数度しか父と顔を合わせなかった。

僕はまったく話さなかったが、母は少し話した。あくまでも事務的なことを。払う税金がどうだとか、そんなようなことをだ。

高三のときだろうか。一度、アパートに帰る父を見送るような形になったことがある。僕がトイレから出たら、父もちょうど玄関から出ていくところだったのだ。

母になのか僕になのか、父は言った。

「高いとこは来るのが面倒だな」

高いとこ。タワーマンションの上階ということだ。

笑顔でそれを言うのが腹立たしかった。だからそんなには来ないのだ、と言いたげなのも腹立たしかった。

何だその言い訳、と僕は思った。ゲス野郎がよく言うよ、とそこまで思った。母が家賃を払ってる家だろうよ。末永家じゃなくて、土門家だろうよ。

実際、家賃を払っていたのは母だ。父はいい映画監督だと言われていたが、ヒット作を出したことはない。大して稼いではいなかったはずだ。何なら、今の僕のほうがまだ稼いでいるかもしれない。

本木親子の話を聞いてから、僕は映画を観なくなった。まったくではないが、観るのは『スター・ウォーズ』や『マトリックス』などの洋画に限られた。

邦画はアニメのみ。実写は、父のことが頭をよぎってしまうのでダメだった。見たこともない撮影現場や、カット！　などと偉そうに言っている父の姿を、どうしても想像してしまうのだ。

父に対してはそんな拒否反応が出たが。本木梨美には興味がなかった。寄ってきさえしなければどうでもいい、と思っていた。

同じく本木洋央にも興味はなかった。が、こちらに関しては、まったくなかったと言えばうそになる。

五年ほど前に一度だけ、名前で検索した。ヒットはしないだろうと思って。しないことを期待して。

ヒット、してしまった。

スナックの経営者、として出てきたのではない。映画監督として出てきた。本木洋央は映画のコンクールで審査員特別賞をもらっていた。

は？　と思った。映画って何だよ。受賞って何だよ。

誰でも応募できるコンクール。本木洋央もプロというわけではないらしい。

そこまでで検索はやめた。深追いはしなかった。出てきたのは名前だけ。顔写真は出てこなかった。

動揺し、後悔した。検索したこの記憶を消したい。強くそう思った。もう二度と検索はするまいと誓った。知ったからどうなるものでもない。本木洋央の何を知ったところでそこからプラスは生まれない。不要な情報は重荷になるだけだ。

あのときの動揺と後悔は、今でもはっきり思いだせる。思いださないよう努めてもいる。だがさすがに思いだしてしまうのだ。追悼上映とか、そんなことをされると。

あれこれ考えていたら、またしてもキーを打つ手が止まっていた。

パソコンの画面右下の時刻表示を見る。

午後六時十分。

ちょうど外から社に戻ってきた後輩の日笠（ひがさ）くんが言う。

「末永さん、おつかれさまです」

「おつかれ。雨、降ってる？」

「まだ降ってますよ。もうやまないんですかね」

雑念　川越小夏(かわごえこなつ)　二十歳

時代だなぁ、と思う。

女性タクシードライバーが、たばこを吸いながら運転してるのだ。

まあ、後ろに座ってるお客さんから許可はとった。吸っていいですか？　と自分から訊くという形で。

そう訊くこと自体がもうすごい。わたしがお客ならぎょっとするだろう。こわさのあまり、いいですよ、と言ってしまいそうだ。いやだけど。

で、その場でＳＮＳに書いてしまうだろう。今タクシーで運転手さんに、たばこ吸っていいですか？　って訊かれた。こわっ！

でもこの映画がつくられたときはそんなにおかしなことでもなかったのだろう。観る前にスマホで調べたら、これは一九九五年の映画だった。

二十一年前。わたし、生まれてない。公開がその年ならつくられたのはもっと前だろうから、まだお母さんのお腹にもいないはず。

　女性ドライバーは森井希羽で、男性客は戸倉有彦。戸倉有彦の指示で、森井希羽は銀座の街を走りまわってる。各通りを行ったり来たりしてるらしい。頻繁に角を曲がるからそうとわかる。

　それにしても、森井希羽。若い。もうすっかりおばちゃんだが、このときはまだ二十代だろう。若い女性のタクシードライバーなんて、今でもそんなにいないはず。それとも、タクシーにはほとんど乗らないわたしが知らないだけで、実は結構いるのか。

「いつも、こんなことしてるんですか?」と森井希羽が尋ねる。

「いつも、ではないかな」と戸倉有彦が答える。「たまにだよ、たまに。金の無駄づかいだってこともわかってる。せめてもの贅沢ってとこかな、言ってみれば」

「贅沢」

「そう。ほかにもっと有意義な贅沢がありそうなもんなのに。おかしいよね」

「さあ。価値観て、人によって全然ちがうから」

「森井さんは、どう?」

「どうって?」

「気味が悪いと思う?」

「思うかな、やっぱり。ただ、こう言っちゃ何だけど、他人に害を与えそうには見えないから」

「害を与えそうに見えたら、この車に乗せてた?」

「乗せてたでしょうね。お客さんを選り好みしてたらきりがないし」

大変だな、と思う。わたしにはやれないだろう。名前も知らない男の人と車の中で二人きり。無理無理。というか、その前にまず、免許とらなきゃ。

戸倉有彦はサイドウインドウの外の街を見ながら説明する。

「自分でもよくわからないいんだよね、何でこんなことしてるのか。特に何があったわけでもないし。強いて言えば、何もなさ過ぎたのかな。ただ、銀座は好きなんだ。何か、こう、おれみたいなやつでもひっそりと裏口から受け入れてくれるような気がしてさ」

新宿や池袋のほうがそのイメージは強い。家から近いのでわたしもたまに銀座に行くが、受け入れられてる感じはしない。

何にしても、タクシーに乗って町を眺めるという発想はなかった。ヘリコプターに乗って上空から東京を眺めるあれと同じなのかもしれない。

あの遊覧飛行はやってみたいなと思い、一度調べてみた。二人での貸し切り。夜、十五分程度のフライトで五万円くらいかかることがわかった。

「あ、ねぇ」と戸倉有彦が森井希羽に言う。「どこかで停まってくれないかな。ちょっと外の風に当たりたくなったよ。停まってるあいだの分の料金も払うからさ」

「お金はいいです。休憩しようと思ってたとこだから」

車はそのまま走りつづける。休憩場所という、初めてできた明確な目的地に向かって。

目的地。人が動くときにはたいていそれがある。ただ外をぶらぶらするときでも、ざっくりとは決める。公園へ行こうとか、川へ行こうとか。そして実際に行くと、一応、目的を果たした感じになる。とりあえず一段落した感じにはなる。

わたしは今日、とりあえず一段落した。二十歳になったのだ。

いわゆる節目というやつ。高校進学とか大学進学とか、それも節目ではあったが、二十歳はまたちがう。学業とかそういうのとは別。人としての根本的な節目だ。何なら人生で一番と言っていいくらいの。

まあ、この先結婚とかそういうのもあるけど、結婚は、しなきゃいけないわけではない。誰もがするものでもない。わたしはしたいけど、できない可能性だってある。

でも二十歳はちがう。生きてさえいれば誰もがなる。避けたくても避けられない。否応なし。今日からは成人、ということにされてしまう。様々な権利を与えられはするが、義務というか、責任も生じる。もう甘えは許されない、という感じになる。実感としては、まだなってないけど。

二十歳。自分がその歳になる日は本当に来るのか、と小学生のころは思ってた。いや、中学生でもまだ思ってた。高校生になったころにようやく、あぁ、これはどうやら本当に来ちゃうな、と思った。

実際、来た。来てしまえば、案外早かったな、という気もする。

わたしたちの場合、選挙権は二十歳より前、十八歳から与えられるようになった。

七月に参議院選挙があったが、わたしは行かなかった。友だちと会う用ができて、面倒になったのだ。

せっかく選挙権をもらったんだから行きなさいよ、とお母さんは言ったが、次は行くよ、と返した。本当に、次は行こうと思ってる。今日みたいに雨が降らなければの話だけど。

そう。今日は雨だ。まさかの雨。二十歳の誕生日なのに。

何、降っちゃってんのよ、と思った。でもこうして出かけてきた。二十歳の誕生日だからだ。

さっき映画の中で『ハッピーバースデートゥーユー』が流れたときは、おっと思った。これってちょっとした奇跡じゃん、と。

ジャズの人たちによって演奏されたそれは、大人っぽくてカッコよかった。大人の世界へようこそ、と祝福されてるような気がした。一人でじゃなく、藤巻順馬(ふじまきじゅんま)と二人で聞きたかった。

順馬なら、それを聞いて、隣にいるわたしの手を優しく叩(たた)いてくれただろう。そこで手を握ったりはしない。手の甲を優しくポンポンと叩く。それが順馬だ。

なのに。

雨が降ったばかりか順馬もいない。

って、何それ。なしでしょ、それ。

しかたないことはしかたない。わかってる。もう何度も考えた。しかたないよな、と口に出しもした。映画を観る前に五回は出した。しかたなくないよ、と十回は思ったけど。

待ち合わせ場所は、銀座四丁目交差点の角。和光の前。定番中の定番だ。定番すぎて、そのビルの上にある大時計がこの映画にも出てきた。しかも出だし。いきなりだ。

でも順馬を待ってたときのわたしは、まだそんなことは知らない。下に立ってたから、大時計は見なかった。意識すらしなかった。

時間は自分のスマホで見た。待ち合わせは午後四時半。画面に表示されてたのは、十六時二十五分。

満足した。今日で大人。ちゃんと五分前行動ができた。

デートだからといって、わざと遅れて来る。わたしはそういうのが嫌いだ。多少遅れたところで順馬は怒らない。それはわかってる。でもしない。わたし自身が、好きな人を待たせたくないから。

カレシは待たせてナンボでしょ。と友だちの宇賀さよりは言う。ナンボの意味がわからない。それで誰が得をするとも思えない。さよりによれば。待たされるのを喜ぶ男もいるらしい。

でもそれは女の、というかさよりのうぬぼれだと思う。待たされてもそんなには気にならない、というだけの話。カノジョが時間どおりに来るほうがカレシはうれしいに決まってる。自分のためにちゃんと時間を守ってくれたんだな。そう思うに決まってる。わたし自身がそう思ってる。

ちなみにさより、カレシが遅れて来たときは怒るらしい。激怒するらしい。それだってわざとだよ、なんて言うけど、うそだと思う。単純に、待たされて苛ついただけだ。

選挙なんか行かないよ、とさよりが言うのを聞いて、次は行こう、とわたしは思った。で、今はこうも思ってる。わたし、何でさよりと友だちでいんのかな。

と、それはいい。

十六時二十五分。その表示を見たところで、順馬から電話がかかってきた。見て、おぉ、五分前、わたし大人、と思ったまさにその瞬間、スマホがブルブルと震えたのだ。電話ですよ〜、と。

LINEのメッセージではなく、通話。

すぐに出た。

「もしもし」

「もしもし。小夏、ごめん。行けなくなった」

「え?」

「ばあちゃんがあぶないみたいで。かなりヤバいらしいんだよ」

「何それ」

「連絡が遅くなって、それもごめん。おれもついさっき電話をもらって、どうするか考えてるうちに時間が経っちゃって。というか、考えるも何もない。おれ、これから帰るわ」

「帰るって、実家に?」

「うん」

「名古屋のほうだよね。どこだっけ」

「岡崎」

「遠い、よね?」

「だから新幹線。自由席で行くよ。来たやつに乗って」

「急になの?」

「ん?」

「おばあちゃん」

「あぁ。急にではは、ないよ。前からちょっとヤバかった」

「言っといてよ」

「ごめん」

「知ってたら、誘ったりしなかったよ」

「いや、誘ったのはおれじゃん」

「そうだけど」

「小夏、二十歳だし。暗い気持ちにも、させたくなかったし」

「暗い気持ちにはならないよ」

と言ってはみたが。なったかもしれない。いや、なっただろう。そういうのは、自分ではどうしようもないから。

「でもまさかこのタイミングで連絡が来るとは思わなかった。ドタキャンになっちゃって、ほんと、ごめん」

「それはいいけど。今どこ?」

「銀座駅。丸ノ内線のホーム。電車を降りたときに電話が来たんだよ。だから出られた」

「これからどうするの?」

「このまま丸ノ内線で東京に行って、すぐ新幹線に乗るよ。親にもそう言った」

その前に会えないよね? と言いそうになり、とどまった。会っても顔を見るだけ。ちょっと話すだけ。それでもいいような気もしたが、順馬にしてみれば、時間のロスになるだけだ。そんなかまってちゃんにはなりたくない。

でも順馬はすぐそこにいるのだ。同じ銀座にいるのだ。

と思いつつ、言った。

「じゃあ、気をつけて行ってきて」

「うん。ほんとにほんとにごめん。二十歳の誕生日なのに」

「それは、いいよ」

よくないけど。

「じゃあ」

「じゃあ」

そしてわたしは電話を切った。

切ってから、おばあちゃんのことに触れておけばよかった、と思った。おばあちゃん、だいじょうぶだといいね、とか、おばあちゃんに顔を見せてあげて、とか。電話中は自分のことばかり考えていて、そんな言葉が出なかった。わたしは冷たいのかもしれない。

電話がかかってくるのがもうちょっと早かったらどうなってただろう、と考えてみた。

電車の中にいたら、たぶん、順馬は電話に出ない。が、ホームに降りたところで自分からかけはしただろう。おばあちゃんの具合がよくないことを知ってはいたというのだから。

では、電話がかかってくるのがもうちょっと遅かったらどうなってただろう。例えば映画を観てるときとか。

順馬はいつも上映前に電源をちゃんとオフにする。だから、映画を観てる途中で電話があっても、気づくことはない。映画を観終えてから、またかかってきたときにやっと気づく。そんな流れになってただろう。

でもそうなると。実家のお母さんはそこまでのあいだ、やきもきしながら何度も順馬に電話をかけたはずだ。そして相手の都合でつながらない旨の音声メッセージを何度も聞かされたはずだ。それは、よくない。

と、そこでやっと思い当たった。でもわたしたち、映画を観ることにはなってなかったのだ。

二十歳の誕生日デート。今年いっぱいで閉まるというプランタン銀座に行ったり、有楽町駅の近くにある無印良品に行ったりするつもりでいた。そこでわたしが何か気に入ったものをプレゼントとして買ってもらうことになってた。

新宿や渋谷じゃなく銀座にしよう、と言ったのは順馬だった。小夏も二十歳。大人になるんだからさ、その第一歩は銀座にしようよ。

「順馬は銀座を知ってるの？」

そう訊いたら、順馬はこう答えた。

「知らない。だからおれも行きたい。行けばどうにかなるでしょ」

プレゼントの上限は二万円。順馬が決めたわけではない。まずはわたしがこう尋ねた。

「いくらまでいいの？」

「それは、まあ、状況に応じてだな」

「目安がないと、決められないよ」

「じゃあ、二万」と言ってから、順馬はこう続けた。「いや、二十歳だから、そこはがんばって、三万」

「じゃあ、二万」とわたしは言った。

三万はいき過ぎだと思ったのだ。学生で三万はきつい。しかも順馬は一人暮らし。本当は一万でもきついはずだ。

中野坂上にあるアパートで、順馬は一人暮らしをしてる。新宿区との境。ぎりぎり中野区、という辺りだ。

家賃は共益費込みで五万円。安い。その代わり、古い。築三十年。ユニットバスがあり、洗濯機も室内に置けるが、部屋の形が微妙。長方形ではなく、台形なのだ。六畳だというが、台形ならではのデッドスペースがあるので狭く感じられる。

だから順馬はベッドを置かず、木の床にフトンを敷いて寝てる。冬は冷えるので、マットレスの下に、キャンプなんかでつかう保温シートも敷く。表面が銀色でテカテカのあれだ。

本当にキャンプじゃん、と言ったら、本当にキャンプだよ、と順馬は笑ってた。おれにとっては東京での暮らしそのものがキャンプだよ、と。岡崎は開けた町らしいが、順馬の実家があるのは田舎のほうなのだ。

順馬が小学校に上がるとき、両親は離婚した。

順馬を引きとったのはお母さん。その離婚を機に就職し、正社員として働きだした。

二年くらいは順馬もお母さんの実家に住み、おばあちゃんの世話になったらしい。だから順馬はおばあちゃん子なのだ。自分でもそう言ってた。ばあちゃんは丸っこくて小さくてかわいいんだよ、と。その評価の仕方、何？　と言ったら、でもそうなんだよ、と言った。

丸っこくて小さいおばあちゃん。確かにかわいいんだろうな、と思った。何となく、バターロールみたいなおばあちゃんを想像した。

高校まで岡崎で過ごした順馬は、大学で東京に出た。名古屋の大学に進むことも考えたが、悩みに悩んで東京を選んだ。無理に名古屋にしなくていい、行きたい大学に行きなさい、とお母さんが言ってくれたという。だから奨学金を借りて東京の私大に行った。政治経済学部だ。

わたしより二歳上だから、四年生。すでに就活も終えてる。内定をもらったのは、電機メーカーの販売会社。本社は名古屋にある。実家に帰ることも想定して、その入社試験を受けたのだ。

内定はほかにも二つもらってた。どこにするかでまた悩んだ。会社としての格はその二つのほうが上。でも本社が名古屋にあることはやはり大きかった。会社に返事をしなきゃいけない日の朝まで悩み、順馬はそこを選んだ。最後はお母さんとおばあちゃんの顔が頭に浮かんだという。

そんなようなことを、順馬はごく普通に話す。変に隠したりしない。歳下のわたしの前で強がったり、カッコをつけたりもしない。親が離婚してるから離婚してると言う。おばあちゃんのことが好きだから好きだと言う。だったらわたしにももっと好きと言ってくれてもいいけどね、とわたしはわたしで密かに思う。でも、まあ、たまには言うからよしとする。

わたし自身は、江東区の豊洲（とよす）に住んでる。

そう言うと、まず驚かれる。いいとこに住んでるね、と言われる。タワーマンション住まいかと思われるのだ。

わたしがいるのはそこではない。それら各タワーマンションが建てられる前からあるＵＲ賃貸住宅だ。

ただし、場所がいいから、ＵＲにしては家賃が高い。でも人気も高く、空きは中々出ないらしい。川越家も、たぶん、出ていかない。今の家賃でその辺りには住めないから。

わたしはそこで生まれ、そこで育った。引越も転校も一度もしたことがない。それはよかった。でもその代わり、一戸建てに住んだこともないし、ほかの町のことも知らない。

神奈川埼玉千葉に住む友だちとは、感覚がちょっとちがうかもしれない。通勤や通学に一時間半かかる、というイメージがないのだ。わたしのお父さんも、勤める会社まで三十分で行ける。

わたしも高校は区内の都立に行き、大学は私立の女子大に行った。別に女子大を望んだわけではない。行きたかった文学部史学科の偏差値がちょうどよかったのだ。

あと、場所もよかった。豊洲から有楽町線で一本、四十分くらいで行けた。最終的にそこに決まったのは、第一志望の共学私大の試験に落ちたからだけど。

今、二年生。わたしの今年度の目標は、運転免許をとることだ。そのためにアルバイトもしてる。実はそのために始めたわけでもないが、教習所代は自分で出そうかと、ちょっと思うようになってる。それはやはり、順馬と付き合ったからだ。

わたしは奨学金を借りてない。それを借りて大学に行くなんて、考えたこともない。学費は当たり前に親に出してもらってる。教習所代も出してもらうつもりでいた。たぶん、お父さんもお母さんもそのつもりでいる。

でも順馬はちがう。奨学金を借りてる上に、教習所代も自分で出した。そのほうが安いからと、通いでなく、合宿免許にした。夏休みなんかに泊まりこみで一気にこなしてしまうあれ。教習の時間をオーバーするとその分お金がかかるから、死ぬ気でがんばったそうだ。

だからわたしも、せめて半額くらいは自分で出そうかと思ってる。なんて言いつつ、結局は全額出してもらうんだろうなぁ、とも思ってる。

順馬は共学の大学で、わたしは女子大。学校はちがう。学年もちがう。だからといって、合コンで知り合ったとか、そういうのではない。わたしたちはバイト先で知り合った。

大学一年のゴールデンウィーク明けから、わたしはバイトをした。チェーン店のカフェ、セルフサービスの店だ。大学までの途中駅にあるのでそこにした。

働きだして二ヵ月後に順馬が入ってきた。

そのとき順馬は大学三年。先に控える就活代を稼ごうとしてた。スーツに革靴にかばん。就活は会社に入ってお金を稼ぐためにするものだが、その就活をするためにもお金はかかるのだ。

経験者の順馬によれば。意外とバカにならないのが交通費だという。

通学定期で動ける範囲にある会社だけをまわるわけではない。そして始まったらほぼ毎日。一日二、三百円程度でも、積み重なればそれなりの額になる。

まあ、そうだろう。学食でご飯を食べるたびに飲みものを買ってたらそれだけで月三千円近くかかってしまうのと同じだ。わたしもそれに気づいておののき、食事どきはタダのお茶ですませるようになった。

わたしは大学一年で順馬は三年。歳上だが、バイトでは後輩。わたしの歳を確認するでもなく、順馬は敬語で話した。わたしが一年生だと明かしてもやめなかった。わたしがやめてほしいと言うまで、ずっとそれを続けた。

やめてほしいと言ったときも、何で？　と驚いた顔で言った。だって、川越さんは先輩じゃん、と。

敬語はやめてほしかったが、それでちょっとやられた。いい人じゃん、と思ってしまった。男女を問わず、それができない人は結構いる。たいていの人は、まず相手の歳を確認する。年齢による上下関係をはっきりさせたがる。

わたし自身もそうしてしまうと思う。歳上にタメ口で話すのはいやだし、歳下にタメ口で話されるのもいやだから。

順馬にはそれがなかった。そこが新鮮だった。

歳下にタメ口で話されたらいやじゃない？　と後日訊いてみた。順馬は答えた。あとから店に入ってきた歳下にされたらいやかもしれないけど、そうでなければいやじゃないよ。

今、わたしは順馬とタメ口で話してる。カノジョだからいい、と思ってる。

そうなる前は敬語で話してた。カノジョになって、切り換わった。その切り換えも自然におこなわれた。やはり相手が順馬だったからだと思う。

告白は、いきなりされた。バイトの上がりの時間が同じになった日。店を出た直後だった。

わたしはすぐ近くにある駅から地下鉄に乗るが、順馬は一つ隣の駅まで歩く。乗る路線がちがうのだ。

わたしは駅まで歩いて二分だから、話す時間はほとんどない。

ということで、順馬は店を出るとすぐに言った。

「川越さん、おれと付き合ってくれない?」

「えっ?」

さすがにわたしは驚いた。

言いたいことはこれだから、とばかり、順馬は同じ言葉をくり返した。

「おれと付き合ってくれない?」

「いきなり、ですか?」

「うん。だって、すぐ駅に着いちゃうから」

「着いちゃいますけど」

「いやだ?」

「いやではないですけど」

「じゃあ、いい?」

「えーと、はい」

何だそれ、と思いつつ、わたしはそう言った。

歩道から横断歩道に出るところで告白が始まり、横断歩道を渡りきったところでそれは終了。本当にそんなだった。

いきなりだから驚いただけ。わたしも、順馬のことが気になってはいたのだ。というか、もう、好きだった。

順馬が告白してくれなければ、たぶん、わたしがしてた。付き合ってください、といきなり言いはしなかったかもしれないが、東京スカイツリーに行きませんか？　くらいのことは言っただろう。一度行ってみたいと順馬自身が言ってたから。

付き合って最初のデートは、そのスカイツリーにした。

「高(たけ)ぇ〜」と景色を見られる天望回廊で順馬は言った。「これはばあちゃんにも見せてやりたいな。東京はやっぱすごいね。ゴジラに来られたらヤバいわ」

先月公開された映画『シン・ゴジラ』でも、東京は破壊されてしまうらしい。

そのうち観に行こう、と順馬に言われてた。今日という選択肢もあったが、カノジョの二十歳の誕生日にゴジラもちょっと、ということで先延ばしになった。デートなのに二時間話さないのも何だから、ということで、映画自体もなしになった。

なのに。

まさかこうなるとは。一人で映画を観ることになるとは。

午後四時半前に順馬から電話をもらい、いきなり予定がなくなった。

銀座から豊洲は近い。銀座一丁目から有楽町線に乗れば、わずか三駅。すぐ帰れる。でもさすがにすぐ帰る気にはならなかった。それではあまりにもさびしい。

プランタン銀座には順馬とまた来るとして。一人なら、無印良品に行ってみようか。コスメ関係のものでも買おうか。ちょっと興味が出てきたネイルの用具とか。

と、そんなことを考えてたら、雨が強くなってきた。

無印良品はそこから遠くないが、それでも五分はかかる。バッグにしまった折りたたみ傘をまた開くのも面倒だった。四時半に会ったら順馬の傘に入れてもらうつもりでいたのだ。相合傘。そのくらいのラヴラヴ感はあっていい。誕生日なのだし。

それが。

その誕生日デートの予定がなくなった上に、雨。今日がもし選挙なら、絶対に行かない。

わたしは途方に暮れた。途方に暮れたというその状態を、久しぶりに味わった。いや、そこまでの暮れっぷりは初めてかもしれない。

何なのよ、と思った。思ってしまった。

おばあちゃんは大事。当たり前。だからしかたない。それはわかってる。おばあちゃんを責めてるのでも何でもない。順馬を責めてるわけでもない。おばあちゃんはいいからカノジョを優先しなさいよ、みたいなことではまったくない。

ただ。

今日でなくても。今でなくても。とは思ってしまう。自分の運の悪さを呪ってしまう。

二十歳の誕生日は人生で一度しかない。もちろん、それは何歳の誕生日だって同じ。でも二十歳はやはり特別だ。
三十歳四十歳の誕生日なら、もうそんなにうれしくないと思う。ゲッ、三十！　ゲゲッ、四十！　というあせりが先に来て、素直には喜べないと思う。

でも二十歳の誕生日はうれしい。ティーンは卒業か、との思いも少しはあるが、大人になれたことの喜びがそれを遥かに上まわる。

順馬に祝ってほしかった。プレゼントなんてどうでもいい。ただただ順馬と一緒に過ごしたかった。二十歳の誕生日は順馬と一緒に過ごした。そんな記憶を残したかった。

去年の十月からだから、順馬とは付き合って十ヵ月になる。付き合いだしたころより今のほうが順馬をずっと好きになってる。これからもっと好きになる自信もある。

それでも、未来のことはわからない。わたしが順馬と結婚するとは言いきれない。あっさり別れてしまうようなことだって、あるかもしれない。

だとしても、この日を順馬と一緒に過ごしたことは後悔しないと思う。そこは確信がある。いい思い出にできる。絶対。

でもできなくなってしまった。よくないほうの意味で記憶に残る。そうなることが、ほぼ確定してしまった。

わたし、暮れてんなぁ、途方に。

空から落ちてくる無数の雨粒を見ながら、はっきりそう思った。

『シン・ゴジラ』、一人で観ちゃう？

そんなことまで思った。

で、思いだした。この和光の裏に映画館があることを。

いわゆるミニシアターだ。わたしは入ったことがない。お母さんに聞いて、あることは知ってた。お母さんはお父さんと昔そこで映画を観たのだ。すごく売れた映画。ミニシアターのロングラン上映記録を持ってるとか、そんなの。

タイトルは、えーと、これ。『ニュー・シネマ・パラダイス』。そのロングラン上映がかなり話題になってたから、お母さんはお父さんを誘って観に行ったらしい。それを一緒に観たことで、お父さんとの仲が深まったらしい。

これも何かの縁。雨宿りのつもりで行ってみるか、と思った。映画は何でもいい。やってたものを観る。時間が合わなかったらなし。そのときはおとなしく無印良品に行く。おとなしくコスメを買う。

今が四時半すぎだから、まあ、五時だろう。上映開始が午後五時までなら待つ。それ以外なら待たない。

そう決めて、歩きだした。傘は差さずにだ。

裏とはいえもう少し歩くかと思ったらすぐだった。映画館自体の大きな看板が出てたのでそれとわかった。モノトーンのしゃれた看板だ。大人っぽい。よし、二十歳。

上映開始時刻は、何と、午後四時五十分。ちょうどよかった。チケットを買って、中に入って、化粧室に行って、座席に着いて。余裕を持ってそれらができる。ベスト。

そしてやっていたのがこの映画。『夜、街の隙間』。まったく知らなかった。洋画かと思ったら邦画だった。二十年くらい前の作品らしい。だいじょうぶかな、と不安になった。退屈しないかな、と。

テレビドラマなんかだと、五年くらい前のものでもう古臭く見えたりする。洋画だとごまかしは利くかもしれないが、邦画だとそうもいかないだろう。わたしが日本人である以上、時代のちがいには気づいてしまう。

普段のわたしならそこでとどまったかもしれない。でもとどまらなかった。わたしは普段のわたしではなかったから。

そう。わたしは二十歳の誕生日を迎えた特別なわたしなのだ。これまでは観なかったミニシアター系の映画を観てやろう。昔の映画だとしても観てやろう。苦行なら苦行で二時間耐えてやろう。そう思った。

座席に着くと、わたしはまずスマホの電源をオフにした。

前はマナーモードにするだけだった。前。順馬と付き合う前だ。

順馬とはこれまで三度映画を観に行った。そのときに一度、わたしはＬＩＮＥの着信を確認するためにスマホを点灯させてしまったことがある。館内はすでに暗くなってたが、まだ上映前だったのでいいかと思ったのだ。

消しな、と横から順馬に小声で言われた。

すぐに消し、スマホはバッグに戻した。

そのときはそれで終わり。あとで、ちょっとした言い合いになった。といっても、順馬が言ってきたわけではない。わたしが言った。あれくらいはいいでしょ、と。

「電源はオフにしたほうがいいよ」と順馬は穏やかに言った。

「マナーモードで充分でしょ」とわたしは返した。

「映画にはさ、無言のシーンもあるじゃない。そんなときはバイブ音だって聞こえるよ。いやだよね、静かなシーンでスマホのバイブ音が聞こえてきたら」

まあ、それはそうだ。そこまでは考えなかった。反省。

だから今は、マナーモードにするのでなく、電源をオフにしてる。それがほぼ唯一、わたしがスマホから離れる時間だ。

映画は、和光の大時計から始まった。午後十時十分。夜。当然、暗い。その暗さがしばらく続いた。

『夜、街の隙間』。そういうことか、と思った。まさかこれがずっと？　とも思った。苦行になることを覚悟した。

事実、初めの十五分は苦行だった。今日はすべてがうまくいかない日なのか？　と思いかけた。でもそのあたりからちょっと変わってきた。スクリーンの暗さにというか、夜に慣れてきたのだ。

それは映画のおかげでもあるだろう。

舞台はまさにここ。銀座。でもセレブっぽい人たちは出てこない。特別なことは何も起こらない。

　自分の日常と映画がつながってるように思えた。映画館に入ったら午後十時十分だった。そこから自分の時間も経っていった。という感じ。

　登場人物の中に一人、洋画家のおじいちゃんがいた。洋画家なんて会ったことも見たこともないのに、こんな感じなんだろうなぁ、と思った。人間は人間なんだからそうだよなぁ、と。

48　バー・カウンター席（夜）

　純孝とれみが並んで座っている。
　純孝の隣、出入口に近い側には優子が座り、一人でぼんやりとカクテルを飲んでいる。
れみ「こんなことを言うのってどうかと思うけど」
純孝「うん」
れみ「わたしと寝てくれる？」
純孝「え？」
れみ「今日明日ってことじゃないの。いつか」
純孝「難しいな」
れみ「いや？」
純孝「そうじゃなくて。そういう質問にどう答えたらいいかわからないんだよ」
れみ「ごめん。あまりに自分本位よね。そんなふうに男の人を誤解するようになっちゃってるのかな」

純孝「というと？」

れみ「女のほうからそういうことを言えばすぐに乗ってくるだろうって」

と、ここでドアが開き、太造が店に入ってくる。相変わらずの血だらけのシャツ。それがほかの客たちを一瞬ぎょっとさせる。

三十代の男性バーテンダーが素早くフロアに出る。

バーテンダー「（太造に）すみません、お客さま、その格好ではちょっと」

太造「ん？　あぁ、そうか。（自分のシャツを見て）そうだね。バーでこれはない。そりゃそうだ」

太造、ふと優子の顔を見る。

バーテンダー「（深く頭を下げて）申し訳ありません」

太造「（ポケットからクシャクシャの千円札を二枚出してカウンターに置き）それじゃあ、せめてこの人に一杯あげてよ。そのぐらいはいいだろう？　（優子に笑いかけて）ねぇ、お姉さん、そんな悲しそうな顔してちゃダメだよ。銀座ではね、悲しみは全部この僕が引き受けることになってんだから。（バーテンダーに）邪魔したね」

太造、店から出ていく。

純孝とれみ、そして優子とバーテンダーがドアのほうを見ている。

間。

バーテンダー「(二千円を指して、優子に) どうしましょう?」
優子「せっかくだから、何か頂こうかな。適当に、お願い」
バーテンダー「わかりました」
　バーテンダー、カウンターの中へ。
　間。
優子「(隣の純孝に) わたし、悲しそうに見える?」
純孝「少し」
優子「三十六にもなっちゃうとね、逆にそういうのって隠しきれないのよ」
れみ「(純孝に) 入れてあげればいいのに。夜なんだから」
純孝「あの人、知ってるよ。前はよく薄暮亭に来てた。有名な画家だよ。いや、有名だった画家、かな。えーと、そう、滝口さんだ。滝口太造さん」

　滝口太造さん。それが洋画家のおじいちゃんだ。公園で痴漢にまちがわれて交番に連れていかれたおじいちゃん。バーへの入店を断られても、この人に一杯あげてよ、と二千円を残していくおじいちゃん。銀座では悲しみは全部自分が引き受けることになってるって。どんな人だ。
　このおじいちゃんのことが、映画の初めから気になってしかたがない。夜の日比谷公園で野良猫に語りかけるとか、かわいすぎ。あれでもう心をつかまれた。映画に引きこまれたのはそこからだ。

わたしにはおじいちゃんが一人しかいなかった。父方のおじいちゃんだ。母方のおじいちゃんはわたしが生まれる前に亡くなってたから、会ったことはない。写真で見たことがあるだけ。でも父方のおじいちゃんは知ってる。しゃべったこともあるし、遊んだこともある。

年に一度、お父さんの秋田の実家に帰ったときしか会えなかった。

おばあちゃんはもう亡くなってたので、おじいちゃんは一人で暮らしてた。それで不便はなかった。近くに伯母さんも住んでたから。

おじいちゃんが東京に出てきてわたしの家に泊まるようなことはなかった。２ＬＤＫのＵＲ賃貸だから無理もない。

ただ、わたしが生まれたときは東京に来たという。生まれて二、三ヵ月の小さいわたしをこわごわと抱いてくれたそうだ。高価な壺（つぼ）でも扱うような感じで。お母さんがそう言ってた。

おじいちゃんはもの静かで優しい人だった。がんこじじいのがの字もなかった。夏休みにわたしが秋田に行くと、よぐ来たなぃやぁ、みたいなことを言い、顔をクシャクシャにして笑った。

当時、おじいちゃん宅では、クマという名前の大きな秋田犬を飼ってた。犬なのにクマ。実際、小学生のわたしには熊ぐらい大きく見えた。だから初めはこわかったけど、すぐに慣れた。

クマには、敵と味方をちゃんと見分ける目があった。いや、まさに嗅覚だったのかもしれない。知らない人が訪ねてくると吠（ほ）えたが、わたしたちが訪ねてきても吠えなかった。わたしたちは年に一度しか来ないから来年は無理だろうと思ったら、その来年も吠えなかった。ちょっと感動した。それだけで泣きそうになった。

おじいちゃんと一緒にクマの散歩にも行った。クマはいつもわたしを守るように歩いた。おじいちゃんの意思が伝わってるように見えた。犬は飼主に似るという。クマはおじいちゃんに似てた。もう、クマイコールおじいちゃんだった。

おじいちゃんはわたしが小五のときに亡くなった。わたしにとっては初めての、身近な人の死。わたしは東京でそのことを聞いた。自然と涙が出た。葬儀で秋田に行ったときも同じだった。クマの鳴き声が泣き声に聞こえた。

そのクマも、一年後に亡くなった。伯母さんから電話が来てそのことを知った。さすがにそれで学校を休んで秋田には行けなかったが、泣くことは泣いた。おじいちゃんのことも思いだした。

別に滝口太造さんがわたしのおじいちゃんに似てるわけではない。顔は全然ちがうし、たぶん、性格もちがう。おじいちゃんは元勤め人。農協みたいなとこで働いてた。絵は描かない。野良猫に語りかけもしない。

でもやっぱり、野良猫に語りかける滝口太造さんの姿が、クマに語りかけてたおじいちゃんの姿を思い起こさせた。野良猫だってクマだって、信用できない人間の声には耳を傾けないはずだ。

入れてあげればいいのに、と早川れみは言った。

わたしも同感。滝口太造さんを店に入れてあげてほしかった。

夜なんだから、とも早川れみは言った。

それも同感。聞いてみて、そうだよな、と思った。

バーだから夜なのは当たり前。でも理屈ではない。夜なんだから入れてあげればいい。そのとおりだ。ここまでこの映画を観てわたし自身が夜に浸ってたからか、早川れみの心情がすんなり理解できた。

早川れみがわたしで、溝部純孝が順馬。そんな想像を、わたしはする。

何年か先のわたしたちだ。そのときも、入れてあげればいいのに、と思える自分でいたい。順馬はだいじょうぶだ。まちがいなく、入れてあげればいいのに、と思う。

問題はわたし。早川れみと溝部純孝以外のお客さんたちみたいに、血染めのシャツを着てバーに入ってきた人を見て、ぎょっとしてしまうかもしれない。そんな格好でバーに来ないでよ、くらい思ってしまうかもしれない。

そうはなりたくない。他人のすべてを受け入れはしないまでも、自分から拒絶を突きつけるような人には、なりたくない。

映画は進む。

今度は外。小さな公園沿いの道。歩道のわきにタクシーが停まってる。

森井希羽が車のボンネットに座り、たばこを吸ってる。戸倉有彦は、パンツのポケットに両手を突っこんで歩道に立ってる。さっき言ってた休憩ということらしい。

銀座にもこんな公園があるのか、とわたしはまず思う。すべり台とブランコが見える。子どもが遊ぶための公園だ。

森井希羽がたばこの煙をゆっくりと吐き出す。

本当に、時代だ。銀座なら、今、たぶん、路上喫煙はダメだろう。

二人は何も話さない。森井希羽はたばこを吸い、戸倉有彦は公園を見てるだけ。

戸倉有彦のすぐ横を、野良猫が悠々と歩いていく。これまでにも何度か出てきた猫だ。滝口太造さんが日比谷公園で語りかけ、溝部純孝と早川れみの前にも現れた、あの猫。人を恐れない野良猫を見て、戸倉有彦が笑みを洩らす。

森井希羽が言う。

「猫っていいわよね。飼おうとは思わないけど」

「ん？」

「彼らなりにいやなこととか苦しいこととかたくさんあるんだろうけど、それを傍目(はため)に感じさせないもの」

言われてみれば、そうだ。猫は感情が読めない。犬ほどわかりやすくない。冷静沈着なあのクマだって、わたしたちが東京から来たときは喜んでくれた。わたしにはそう見えた。

戸倉有彦が言う。

「小さいころ、飼ってたことがあるよ」

「飼ってて、最後はどうした？」

「これがわからないんだ」

「わからない？」

「家は一戸建てで、小窓から自由に出入りできるようにしといたんだけどさ。外に出て、そのまま帰ってこなかったんだよね。しばらくあちこち捜したけど、結局、見つからなかった。どこかで事故に遭ったのかもな」

「今の、その猫の子どもだったりして」

「まさか。ずっと前の話だし、住んでたのは東京じゃないよ」

「でも何がどうなるかはわからない。子どもってことはないにしても、血のつながりぐらいはあってもおかしくない」

「おかしくない、かな」

おかしいでしょ、とわたしは思う。いくら何でもそんな偶然はない。野良猫、相当いるし。実際、何匹いるんだろう。銀座に。そして豊洲に。そして東京に。

森井希羽は言う。

「猫って、あるとき突然、ここは自分の居場所じゃないと思ったりすることがあって、そうなると、その瞬間すぐに行動に移るっていうから。そもそも、自分が誰かに飼われてるって意識がないらしいのね」

そうなのか。クマは明らかにおじいちゃんに飼われてた。自分は飼われてるという意識がまちがいなくあった。だから散歩のとき、飼主のおじいちゃんの身内であるわたしを守るように歩いたのだ。

「まるっきり飼いたくない？　猫」と戸倉有彦が尋ねる。

「そうね。飼いたくはないな」と森井希羽が答える。「子どももいるし」

「子どもは、男の子？　女の子？」

「男」

「訊いてもいいかな。何て名前?」

森井希羽は答えない。またたばこの煙をゆっくりと吐き出す。

戸倉有彦は続ける。

「希羽さんみたいな名前の人が自分の子どもにはどういう名前を付けるのかと思ってさ」

「リュウ」

「リュウくん」

「がっかりした? 普通で」

「そんなことないよ。どんな字?」

「ひらがな」

「へぇ。ひらがなか」

「漢字って、何かと意味がありすぎるでしょ? だから名前に適してるのかもしれないけど」

「りゅうくん、元気?」

「あんまり元気じゃないわね」

「え?」

「体が丈夫じゃないの。病気ばっかりしてる。あれが終わったら次はこれって」

「あぁ。ごめん」

「そういえば、そっちのお名前は?」

「戸倉」

森井希羽は小さくうなずく。それだけだ。漢字を訊いたりはしない。

「下の名前も言う？」

「いいわ、上だけで」

そして公園の風景が映る。深夜の無人の公園だ。

ブランコが少しも揺れてない。風が吹いてないのだ。ちょっと外の風に当たりたくなったよ、と戸倉有彦が言ってたその風が。

あぁ、と思う。わかる。夏の夜の、少しも風が吹かないこの感じ。熱気がもんわりと固まってしまったこの感じ。

わたしが通ってた小学校のすぐそばに細長い公園があった。そこでたまにブランコに乗り、酔った。わたしはブランコに酔うのだ。座るだけで酔ってしまうイメージもあった。男の子たちみたいに激しく漕げば酔わないのかな、と思って激しく漕いだら激しく酔った。だからもう乗らなかった。

中学高校では、たぶん、一度も乗ってない。二十歳になった今も乗れば酔うのか。わからない。酔いそうな気はする。体質は変わらないだろうし。

でも今度試してみよう。この歳で一人で乗ってたらあぶない人と思われそうだから、順馬に付き添ってもらって。順馬がそばにいれば、酔わないかもしれない。

その後、銀座のクラブでの短いシーンを一つ挟んで、日比谷公園でのシーンになる。

滝口太造さんが野良猫に語りかけた広い花壇の前。須田登が一人で黙々とウッドベースを弾いてる。

警官平塚丈臣が少し離れたとこからそれを見てる。たぶん、パトロールに来たのだ。

やがて曲が終わり、須田登は手を止める。

そこでようやく平塚丈臣が寄っていく。

「うまいですね。プロみたいだ」

須田登は笑ってこう返す。

「どうも。マズいかな、ここでやってちゃ」

「かまいませんよ。うるさい楽器ならともかく。人もいないし」

「じゃあ、もう少しやらせてもらうかな。ちょっとヤケになってるんだよ。こんなことばかりやってるから、女にフラれてね」

「そうですか」と平塚丈臣も笑う。「僕もよくフラれますよ。警官なんてやってるから」

「十年も付き合ったってのにさ」

「僕は十分がいいとこですかね。仕事は？　警官。はいさよならってわけで」

「厳しいね、お互い」

「そうですね。さすがにもうこの時間ならだいじょうぶでしょうけど、覗き連中がウロウロしてるかもしれないんで、一応、気をつけてください」

「わかった。ありがとう」

平塚丈臣は一礼して歩き去る。

須田登は演奏を再開する。

そんなふうにして、各登場人物たちはゆる～くつながる。ほんの少しだけ、関わりを持つ。

東京だなぁ、と感じる。といっても、わたしは東京しか知らないけど。

順馬のおばあちゃんに何もなかったらわたしがこの映画を観ることもなかったのだな、とふと思う。もしそうなら、わたしは順馬と誕生日デートをしてた。この映画のことは知らないままでいた。この先も、たぶん、知ることはない。

そう考えると、不思議な気持ちになる。

そんなものなのだ。そうならなかった場合、のことを人は知らない。想像もしない。できない。起きたことだけを当たり前のように受け止める。

こうなったからああなって。ああなったからこうなって。そんなふうにものごとは進んでいく。

例えば、お父さんとお母さんが豊洲に住んでたから、わたしも豊洲に住んだ。豊洲に住んでたから、都内の大学を受けた。第一志望には落ちたから、今の女子大に行った。今の女子大に行ったから、今のカフェでバイトをした。今のカフェでバイトをしたから、順馬と知り合った。

どこか一つでも欠けてたら、順馬とは知り合わなかったのだ。

その代わり、ほかの人と知り合ってはいただろう。でもその人がどんな人かという想像はできない。知らない人の顔は思い浮かべられない。

生きてれば、人は多くの人と知り合う。その一人がたまたま順馬であっただけ。わかってる。

運命とかそういうものではない。順馬でないこともあり得たが今のわたしの人生では順馬だった、というだけ。でもそこに意味はある、だからこそ、ある。

須田登はウッドベースを弾きつづける。

何を考えて弾いてるのかな、とわたしは考える。ジャズクラブで別れた並木優子のことを考えてるのかもしれない。平塚丈臣から聞いた痴漢のことを考えてるのかもしれない。何も考えてないのかもしれない。わからない。人が何を考えてるかなんて、本当にわからない。

須田登は、別れた並木優子がバーで一人でお酒を飲んだことを知らない。そこへやってきた滝口太造さんに一杯おごってもらったことも知らない。三十六歳の並木優子が悲しさを隠しきれなくなってることも知らない。

結局、人は自分のことしか知れない。自分のことでさえ、正確に理解できてるかはあやしい。正確に制御できてるかは、もっとあやしい。

だからさっきのわたしみたいに、自分の運の悪さを呪ってしまう。順馬もおばあちゃんも悪くないのに、自分の都合だけで、何なのよ、と思ってしまう。

『夜、街の隙間』は、とてもさびしい映画だ。と同時に、とても愛らしい映画でもある。まさに、街の隙間にある夜。夜が街の隅々に入りこんでる感じがする。行き渡ってる感じがする。

夜を描くこの映画を観てる今、客席のどこかで誰かのスマホが光ったらいやだろうな、と思う。須田登が弾くウッドベースの音。そのまさに隙間からスマホのバイブ音が聞こえてきたら、本当にいやだろう。

この映画を観てるのは、わたしを含めて六人。

たったそれだけだから、数えられた。

皆、散らばって座ってる。わたしより前に二人、後ろに三人。たぶん、五人全員がわたしより歳上。成人だ。これはティーンが観るような映画ではないから。

その五人。いったいどんな人たちなのだろう。

わたしとちがい、この映画を観たくて来たはずだ。俳優の誰かのファン、ということだろうか。でなきゃ、監督のファンだとか。監督の追悼上映らしいから、その可能性が一番高いかもしれない。

タイトルも知らずに観に来たのはわたしだけだろう。目的は雨宿りです、なんてとても言えない。

それぞれの事情でこの午後四時五十分の回を選んだ人たち。たまたま同じ空間で同じ映画を観ることになった、顔も名前も知らない人たち。そんな人たちのことが愛しい。わたしが今日二十歳になったことを祝福してくれてるようにさえ感じる。

実際、そうと知れば祝福はしてくれると思う。あ、そうなの、おめでとう、くらいのことは言ってくれるだろう。だから何？　なんて言う人も、そんなにはいない。

まさにこの映画みたいなもので、人は、たまたまちょっとした縁ができた人に対しては優しい。関わりはその場限りだとわかってるからかもしれない。だとしても、それでいい。そこで、だから何？　と言ってしまう大人にはなりたくない。

あらためて、順馬のことを思う。

順馬とは、しっかりした縁ができた。その縁を、絶えさせたくない。

その場限りの人にならなら、順馬も、スマホの電源をオフにしたほうがいいとは言わなかっただろう。わたしにだから言ったのだ。ダメなことはダメと。

その手のことは、案外言えない。自分の友だちが暗い映画館内でスマホを点灯させても、わたしは何も言わないだろう。例えばさよりにも、わざとカレシを待たせるのはやめなよ、なんて言わない。言ったらいやな空気になるから。

でも順馬は言ってくれた。順馬自身、そんなことをわたしに言うのはいやだったろう。わたしがカノジョでなかったら言わなかったかもしれない。カノジョだからこそ言ったのだ。

そしてわたしはこのことにも思い当たる。

電話でおばあちゃんのことをわたしに伝えたとき、順馬は言った。暗い気持ちにも、させたくなかったし。

そう。順馬自身はもう暗い気持ちになってた。何日も前からずっとそうだった。なのに、その暗い気持ちを隠してわたしを祝福しようとしてくれたのだ。大事な二十歳の誕生日だから。

今日の誕生日デートが終わるまでは言わないつもりだったのだろう。いや、もしかすると、そのあとも言わないつもりだったかもしれない。

藤巻順馬。わたしなんかにはもったいない人。

でも。もったいないからといって、身を引いたりはしない。そんなことは絶対にしない。何で？　好きだから。

順馬と名古屋に住む自分を想像する。結婚したあとに順馬が名古屋本社に異動になり、ついていく自分だ。初めて東京を離れる自分。

住み慣れた東京を離れたくはない。自分からわざわざ離れたりはしない。でも順馬と一緒なら、離れられる。たぶん、迷いもしないと思う。

今日で二十歳。無事二十歳。

夜には順馬と二人でお酒を飲むつもりでいた。順馬と乾杯して一口飲み、たとえおいしくなくても、あぁ、おいしい、と言うつもりでいた。

でも飲めない。さすがに一人で飲むつもりはない。家に帰ってお父さんお母さんと。そうなりそうだが、まだやめておく。お父さんお母さんとはいつでも飲めるから、先延ばしにする。飲むときはやはり順馬と。この銀座で飲みたい。あぁ、おいしい。を言いたい。

わたしは心の中で言う。

ハッピーバースデー、わたし。

次いで、願う。

順馬の大事なおばあちゃん、バターロールのおばあちゃんが、どうか無事でありますように。

もし無事でないなら。せめて順馬が間に合いますように。順馬が間に合ったことを、おばあちゃんが気づけますように。

一念　本木洋央　三十歳

警官平塚丈臣の似顔絵ならぬ人物画を残して日比谷公園前交番を出たあと。洋画家滝口太造は銀座に移り、ふらりとバーに行く。

でも着てるのは自身の鼻血で赤く染まったシャツ。そこでは穏やかに入店を断られる。

行き場をなくした滝口太造はどこへ行くのか。

石崎育代がママを務めるクラブ睡蓮に行く。

すでに閉店後。とはいえまだ店に残ってた石崎育代は、すんなり滝口太造を受け入れる。そして要望に応じ、酒を飲ませる。ウイスキーのロックだ。溝部純孝がバイトをする薄暮亭ですでに梅酒を飲んでた石崎育代自身は氷水を飲む。

二人は並んでカウンターのイスに座ってる。

石崎育代が言う。

「カノウキサコ、病気療養中ですって？」

滝口太造は何も言わない。

「きっとまたうそよ。どうせ大したことないに決まってる。もう映画が当たらないから、話題づくりといったらそのくらいしかないのよ」

「ひどいな」

「かわいそうなわがまま大女優」

滝口太造は、ボトルからグラスへ自らウイスキーを注ぎ足す。

氷水を一口飲み、石崎育代は続ける。

「あなたたちの結婚発表の記者会見、今でも覚えてるわ」

「見たんだ？」

「ええ。そんなにヤワじゃないもの。わたしだって、一応、芸能界にいたのよ。カノウキサコほど傲慢にはなれなかったけど」

そうやって話すあいだ、二人は目を合わせない。並んで座ってはいるが、互いに前を見てる。その間は長い。

末永静男はよくこれをやる。こんなに長くていいのか？　と思わせる。観る者をあえて不安にさせる。

やっと石崎育代が言う。

「大女優と新進の洋画家、電撃結婚。と思ったらその二週間後に離婚。原因は性格の不一致。実際には、大女優の気まぐれ。懐かしいわね」

「ああ。懐かしい」滝口太造はウイスキーをチビリと飲んで言う。「まだ怒ってるのか?」

「もう何年経ったと思ってるの? あのころは怒ってた。でも、何かうやむやになっちゃったわ。だからこんなふうに話せるのよ。歳をとるっていうのは、やっぱり進化なのね」

滝口太造はそこで初めて石崎育代を見る。

石崎育代は滝口太造を見ずに続ける。

「さっきね、軽く食べに行った居酒屋で、若い男の子がそう言ったの。確かにそのとおりだと思うわ。歳をとると、いろんなことを許せるようになるから」

「すまない」

「よしてよ」

「あのときは」

「あなたがわたしを捨てて、その次はカノウキサコがあなたを捨てた。それだけのことよ。これまでに世界中で何度もくり返されてきたし、これからも何度もくり返されるであろうこと」

滝口太造がまた前を見る。

今度は石崎育代が滝口太造を見る。尋ねる。

「絵は描いてるの?」

「描いてない」

「でしょうね」

滝口太造は左手で鼻を拭う。甲のあたりに血が付く。

石崎育代が言う。

「血が出てるじゃない」

「今までは止まってたのに」

「こんなときにお酒なんて飲むからよ」

石崎育代は立ち上がる。カウンターにあったバッグを手にして言う。

「ガーゼか何か買ってくるから待ってて。ここにいるのよ。それから、これ以上お酒はダメ。わかったわね?」

そして一人、店から出ていく。

その後、二つの短いシーンが挟まれ、石崎育代がクラブ睡蓮に戻ってくると。

愚かな滝口太造はもういない。日比谷公園前交番からも消えたように、クラブ睡蓮からも消えてる。

ため息をつき、石崎育代もまたすぐに出ていく。

大女優と新進の洋画家、電撃結婚。と思ったらその二週間後に離婚。原因は性格の不一致。実際には、大女優の気まぐれ。

滝口太造は、小物を捨て、大物を選んだわけだ。

そのあたり、末永静男と似てる。というか、同じ。自分をモデルにしたのかもしれない。

末永静男はこの映画の監督だが、さっきちょっと顔を出した。自ら出演したのだ。

入店を断られた滝口太造のあとにバーを出た溝部純孝と早川れみは、地下鉄の始発が出るまでのあいだ、銀座の街を当てもなく歩いた。そして日比谷公園に向かう途中、ブツブツ言いながら一人で歩いてきた中年男とすれちがった。それが末永静男だ。

よくおふざけでやるカメオ出演だろう。顔を知ってるので、おれはすぐにわかった。

ブツブツ言いながら一人で深夜の銀座をウロついてる男。ちょっと笑った。例えば森井希羽のタクシーで銀座を走りまわってた戸倉有彦が歳をとり、仕事をなくしたら、あんな感じになるのかもしれない。で、最後には滝口太造みたいになるのだ。

あくまでもカメオ出演だから、スクリーンに映ったのは数秒。末永静男はカメラに目を向けることもなく、銀座の街に消えていった。

溝部純孝も早川れみも、すれちがった中年男のことは気に留めず、そのまま日比谷公園へ向かった。

58　日比谷公園・第二花壇の前（夜）

登がベンチの前に立ってベースを弾いている。

純孝とれみが隣のベンチに座り、その演奏を聞いている。

曲が終わる。

純孝「（登に）終わりですか？」

登　「ああ。ちょっと休憩。疲れちゃってね」

登、ベースをケースにしまう。

登　「君、たばこある？」
純孝「ありますよ」
登　「悪い。一本いいかな」
純孝「どうぞ」

互いに歩み寄る登と純孝。登が純孝のたばこを一本抜きとり、純孝はライターで火をつけてやる。そして二人はそれぞれベンチに戻る。

間。

れみ「（純孝に）噴水、夜は止められちゃうんだ」
純孝「らしいね」
れみ「動くものが何もない。何だか絵みたいね」
純孝「ほんとだな。世界が休んでるみたいだ」

間。

登　「お二人は、もう長いの？」
純孝「三時間、ですかね」
登　「三時間、か。（笑って）じゃあ、一番仲がいいころだ」
純孝「え？」
登　「お互い、相手に気に入られようと努力するからね」
純孝「（笑って）なるほど」

登、疲労のうめき声を洩らしながら、くわえたばこでベンチに寝そべる。
純孝「(れみに) コーヒーでも飲みに行く?」
れみ「ううん。ここにいる。夜が明けるのを見たい」
純孝「そっか」
れみ「もう何年もこの街にいて、日が暮れるのは何度も見てるけど、夜が明けるのは一度も見たことないから」
純孝「夏の朝は唐突にやってくる。夜の皮が剝ぎとられるかのように」
れみ「何?」
純孝「そんな小説があったよ」
れみ「誰の?」
純孝「おれの」

深夜の屋外での撮影。結構難しかったろうな、と思う。スクリーンからは、蒸し蒸し感、熱帯夜感が滲み出てる。実際に夏に撮影したのかもしれない。

このころはまだベンチに仕切りがなかったのだな、とも思う。この映画が公開されたのは一九九五年。おれはまだ十歳にもなってない。

ガキのころは、確かに公園のベンチに仕切りなんてなかった。いつの間にか一人用としてひじ掛けで仕切られたベンチが増え、今じゃそれが当たり前になった。公園に限らない。駅もそうだ。

要するにそこで寝させないため、横にならせないためだろう。しかたないのかもしれないが、意地悪な仕組だ。

あれじゃあ、カレシとカノジョだって仕切られてしまう。男はひじ掛けを挟んで女の肩に手をまわさなきゃならない。まわせるが、邪魔だ。密着はできない。もしかしたら、公園で男女を密着させないため、ということでもあるのか。

付き合って三時間。それが一番仲がいいころ。という須田登の意見にはおれも賛成する。お互い、そのころは相手の気に障ることなんて言わない。おれと剣持愛奈もそうだった。

その日比谷公園でのシーンの次は、銀座中央通りの広い歩道でのシーン。

須田登と破局した並木優子が車道に寄り、手を挙げる。

森井希羽のタクシーが前を素通りする。乗車禁止地区だから、ではない。まだ戸倉有彦を乗せてるから、だ。

並木優子は、挙げた手をゆっくりと下ろす。

このシーンはセリフも音楽もなし。タクシーの走行音のみ。車は去っていくから、音も小さくなる。

並木優子が見るタクシーの後ろ姿。それが、タクシーのリヤウインドウから見た並木優子、に切り換わり、次のシーンへ。

どんどん小さくなる並木優子を見て、戸倉有彦が森井希羽に言う。

「かわいそうに。向こうが乗合でいいなら、おれのほうはかまわないんだけど」

「いやだと思うな、向こうは」

「まあ、そうか。でも今の人、どこかで見たような気がするな」

「こんなふうに同じとこをグルグル走ってれば同じ人にだって会うわよ」

実際に、戸倉有彦は並木優子を一度見てる。映画の序盤にジャズクラブの出入口ですれちがったのだ。戸倉有彦がそこを出て、並木優子がそこに入っていくという形で。

森井希羽が戸倉有彦にいきなり尋ねる。

「あなた、ひょっとして、俳優？」

「ちがうよ。どうして？」

「何となく、演技の練習のためにこんなことをやってるのかなって。だとしたら、ちょっといやだなって」

「安心していいよ。ただの会社員だから」

「おかしな話ね、会社員だから安心していいってのも」

「そうだな、確かに」

「こう言ったら何だけど。会社員て、今じゃ一番信用できない」

「どうして？」

「自分には何もしてくれない会社のためにバカなことをしちゃうから」

「あぁ。そうかもしれない」

戸倉有彦はバックミラーに小さく映った森井希羽を見る。

森井希羽はバックミラーを見てない。前を見てる。言う。

「あなた、もしかして、もうなくなってしまったものを追い求めてるんじゃない？」

「え？」

「でなきゃ、初めからなかったものだとか」

そしてシーンは変わる。

銀座中央通りの広い歩道だ。

タクシーを拾えなかった並木優子が一人で歩いてる。銀座の端、東京高速道路の高架がある一丁目の端まで来ると、立ち止まって振り返り、八丁目のほうを眺める。

角を曲がって出てきた石崎育代が、一瞬、怪訝（けげん）な顔で並木優子を見る。

気づいた並木優子は会釈をし、また振り返って京橋のほうへ歩きだす。つまり、銀座から出ていく。

会釈を返した石崎育代はそのまま八丁目のほうへ進む。そしてビルとビルの隙間に潜む野良猫を見て立ち止まる。もう何度も出てきたあの猫だ。

石崎育代は野良猫にこう尋ねる。

「ねぇ。あの人、どこにいる？」

あの人。クラブ睡蓮から姿を消した滝口太造。

野良猫も、踵（きびす）を返して姿を消す。街の隙間に。

あらためて思う。

映像には力がある。文字にはない力だ。

例えば赤い服を着た女。小説はそれを言葉で表す。どんな赤なのか、どんな服なのか。女は何歳なのか、どんな顔なのか。どう細かく説明しても、作者の思いどおりには読者に伝わらない。めんどくせえな、と思う。映像なら、そんなとこでいちいち引っかからない。こうなんだよ、で突っ走れる。無駄な疑問を与えない。余計なことを考えさせない。それがおれには合ってる。

その代わり、映像で内面までは描けない。この人はこう思ってます、と説明することはできない。セリフで本人に言わせたりナレーターに言わせたりすることはできるが、それはしない。表情や行動で見せるしかない。

おれはやっぱそっちだ。文字よりは映像。

この映画は、午後四時五十分の回。予告編だの映画泥棒のあれだのがあったから、実際に始まったのは五時ごろだろう。終わるのは、七時前。

そのあとは仕事だ。スタジオで。たぶん、明け方まで。

主演俳優のスケジュールの都合で開始が遅くなった。そうなったことで、ここへ来られた。一度観ておこうと思い、どうにか時間をつくって来た。雨なのに、おれなりに早起きして。今日を逃すともう次はないのだ。一週間の限定上映らしいから。

二年前に監督が死んだので、この追悼上映が決まった。二年後に追悼って。遅え(おせ)よ。とも言いたくなるが、いろいろ事情もあったのだろう。やってもらえるだけましだ。

映画のタイトルは『夜、街の隙間』。

監督は末永静男。脚本も末永静男。

おれの父親だ。

といっても、親子の関係はない。初めからない。おれの生物学上の父親が末永静男だというだけ。

おれ自身、末永静男を父親だとは思ってない。何せ、しゃべったこともないのだ。死んだと聞いたときも、特に何とも思わなかった。六十七だと今の平均寿命からすれば早いのか？　そう思った程度だ。もちろん、葬儀にも行ってない。

おれはいわゆる非嫡出子。本木洋央。本木は母ちゃんの名字だ。

洋央。末永静男の男と漢字はちがうけど、ちゃんと、お、は付いてるでしょ。と母ちゃんは言った。何だそれ。とおれは思った。

あとで、末永静男の本物の息子が立男であることを知った。たつお、だ。

笑った。末永静男から見ればおれはやっぱサブキャラなんだな、と思って。

主要キャラの嫡出子末永立男はおれより三歳上。会社員らしい。一流私大を出た一流証券会社の社員だ。映画にはまったく絡んでない。それ以外の芸能にもまったく絡んでない。

末永静男の妻で女優の土門道恵が自分たちの世界から遠ざけて育てたのかもしれない。立男が静男みたいにならないように。つまり、どこぞでおれみたいなガキをこしらえたりしないように。母親として賢明な判断だろう。といっても、一流私大を出て一流企業に入ったやつなら隠し子をつくらないとは言えないが。そういうのは学歴不問だから。

母ちゃんはその末永立男のことを、何故か自慢げにおれに話した。まるで自分の本物の息子のことみたいに。土門道恵のことは関係なく、単純に、末永静男の息子がいい会社に入ったのがうれしかったのだろう。

息子のおれが言うのも何だが。母ちゃんは結構おめでたい。おれが末永静男の子であること、自分が末永静男の子を産めたことを、ありがたがってるふしがある。だから、おれがガキのころから末永静男を悪く言うことはなかった。今、おれが末永静男を悪く言うのは、おれ自身の客観的判断からだ。

母ちゃんは台東区の鶯谷（うぐいすだに）でスナックをやってる。スナック梨美。梨美は母ちゃんの名前だ。ママとしての名前じゃなく、本名。本木梨美。

母ちゃんを産んだばあちゃんも、せっかくいい名前を付けたのにまさかスナックの名前につかわれるとは思わなかっただろう。そもそも、自分が生まれた土地にスナックを建てられるとも思わなかっただろう。

もう亡くなってしまったが、おれもばあちゃんには感謝してる。ばあちゃんがその土地を持ってたから母ちゃんはスナックをやれて、おれはどうにか高校まで行けたのだ。

鶯谷のスナックのママとプロの映画監督がどうやって知り合ったのかは知らない。知らないが、想像はつく。末永静男が客として店に来たのだろう。

簡単な話。生きてさえいれば、人は出会うのだ。

タワマンの最上階に住んでるやつだって、一度も地面に降りないわけにはいかない。例えばおれとオバマ大統領がたまたま出会う可能性もゼロではない。おれとスカーレット・ヨハンソンが結婚する可能性だってゼロではない。

何ならいつか、そんなまさかの出会いの映画を撮ってみるのもいい。

『夜、街の隙間』の中で、滝口太造はカノウキサコを選び、石崎育代を捨てた。価値が高いほうを選び、低いほうを捨てた。まさに末永静男だ。

末永静男も、土門道恵を選び、本木梨美を捨てた。いや、まあ、本木梨美のほうは単なる浮気。選ぶとか選ばないとか、たぶん、そんなとこまでもいってない。子どもができたのは予想外だったろう。母ちゃんによれば、産むなとは言わなかったらしいが。

洋画家として落ちぶれた滝口太造は、別れて何十年も経ってるのに、石崎育代のクラブ睡蓮に顔を出す。あの感じだと、頻繁に出してるだろう。そこが末永静男とはちがうとこだ。

末永静男は、スナック梨美に顔を出していない。母ちゃんと別れてからは一度もだ。

土門道恵におれのことはバレてる。それも母ちゃんから聞いた。

土門道恵が母ちゃんに何か言ってきたりということはなかったらしい。おれが関わってるテレビドラマなんかだと、大女優が自らスナックにやってきてママに大金を突きつけ、これで縁切りね、くらい言いそうなもんだが、そんなことはなかったそうだ。

それをするのはマイナス、と土門道恵は考えたのかもしれない。その話自体を、おれの母ちゃんが週刊誌に売ったりしないとも限らないから。

おれは認知もされてない。

母ちゃんがそれを求めなかった。初めからそのつもりだったのだ。初めから子を産むつもりで末永静男と関係を持った、という意味ではない。できたからには産むつもりでいた、という意味。ただ、名前だけは付けてもらった。

あんたを堕ろすことは考えなかったわよ、と母ちゃんは言った。あんたを堕ろすってすごい言葉だな、と、おれは笑いつつ思った。

とにかく母ちゃんはそんなだ。シングル前提でおれを産み、育てた。おめでたいことはおめでたいが、骨はあると言わざるを得ない。今になれば思う。そんな母ちゃんだから末永静男は惚れたのかもな、と。

母ちゃんはおれを産むあいだだけ知り合いに店を頼み、すぐに復帰した。そして夜はおれをばあちゃんに預けた。

産休のあいだは、ばあちゃんもちょっと店に出たらしい。スナックのカウンターの内側に立つばあちゃんを見てみたかった。身長が百五十センチもなかったばあちゃん。マスコットキャラみたいで、案外かわいかったはずだ。

そんなわけで、おれは母ちゃんとばあちゃんに育てられた。家はスナックの二階。2DKのスペースに三人で住んだ。

母ちゃんもばあちゃんも、おれにうるさいことは言わなかった。悪いことだけはしないでね。言ったのはそれのみ。しねえよ、とおれは母ちゃんには言い、しないよ、とばあちゃんには言った。

実際、悪さというほどの悪さはしなかった。十代なら許される悪さをしただけだ。たまに母ちゃんが学校に呼ばれる、という程度の。

そんなこんなで高校までは行った。墨田区にある都立。都営バスで通った。

二年生のときにばあちゃんが亡くなった。母ちゃんは大泣きし、おれは小泣きした。

大学に行くかは、迷った。

どうにかするわよ、と母ちゃんは言った。その言葉で、行かないことに決めた。どうにかするということは、現状では厳しいということだ。母ちゃんにどうにかさせるつもりはなかった。奨学金を借りてでも大学に行きたいという気持ちもなかった。勉強自体、好きじゃなかったのだ。

ただ、すぐには就職もしなかった。ぶらぶらしてるわけにもいかないので、とりあえずバイトをした。引越のバイトだ。自宅から江東区にある引越会社の支店まで通った。

高校の夏休みに何度かやってたから知ってた。引越はきつい仕事だが、自分の都合で入りたい日に入れるから気は楽なのだ。給料は現金で当日払い。それも大きかった。

そのバイトで、二歳上の菅野栄吾(かんのえいご)さんと一緒になった。

当時、菅野さんは二十歳。大学生だったが、学校にはほとんど行ってなかった。映画を撮ってたのだ。高校生のときからすでに撮ってたという。

引越のバイトにはほかにもそんな人たちがいた。ラッパーを目指してたり、お笑い芸人を目指してたり。警官を目指してたり、弁護士を目指してたり。

バイトは一日単位。組む相手は日ごとに替わったが、菅野さんとはよく一緒になった。おれは毎日のように入ってたし、そのときは撮影の予定がなかった菅野さんもそこそこ入ってたから。

おれはいきなりスカウトされた。学生映画祭のコンペティション部門に応募する作品の役者としておれをつかいたい、というのだ。

菅野さんによれば。やっと脚本が仕上がり、主役を誰にするかずっと考えてた。大学の仲間では今イチぴんと来ない。そして昨日、二人で冷蔵庫を運んでるときに思った。あ、本木くん！

「いや、おれ、学生じゃないですよ」と言ってみた。

「監督が学生ならいいんだよ」と菅野さんは言った。

本当にそうらしい。まあ、そうだろう。役者も学生限定なら、登場人物にじいさんばあさんおっさんおばさんはいなくなってしまう。

無理でしょ、と思い、初めは聞き流した。おれは演技なんてしたことがない。高校で演劇部だったわけでもない。むしろ演劇部のやつらのことはちょっとバカにしてたクチだ。どうせ教師主導だろ、と。

皮肉といえば皮肉だった。プロの映画監督の生物学上の息子であるおれが、アマの映画監督にスカウトされたのだ。

「おれ、イケメンじゃないですけど」とも言ってみた。

「だからいいんだよ」と言われた。「本木くんがイケメンだったら声をかけてない。役に合わないから。別にブサイクって意味ではないよ。本木くんはちょうどいいんだよ。顔がよすぎない」

「何すか、それ」

「うーん。どう言えばいいかな。画面が成立するというか、ちゃんと見せものになるんだよ。これはね、ダメな人はダメ。努力してもダメかもしれない。この人がいるから見てられるっていうのは、やっぱりあるからね」

「おれは、見てられる。もっと見てられるように、おれが撮るよ」

「見てられる。もっと見てられます?」

「マジっすか」

自分が映画に出るなんて、考えたこともなかった。おれにとって映画は、敵か味方かで言えば敵の側に位置してた。末永静男絡みだからだ。

もちろん、映画を観なかったわけじゃない。洋画は結構観てきた。だからスカーレット・ヨハンソンも好きなのだ。

ただ、邦画はほとんど観てない。避けてたつもりはないが、自然とそうなった。舞台が日本だとどうしても末永静男を意識してしまう、ということだったのかもしれない。

でもこのときは、役者としてならいいか、と思った。おれ自身、退屈だったのだ。引越のバイトで毎日他人の家財道具を運ぶだけ。先の展望はまるでなかったから。

結局、おれは遊びのつもりで菅野さんの依頼を受けた。

撮影はもっと大変かと思ったが、そんなでもなかった。素人役者であるおれへの菅野監督の演技指導はほぼこれだけ。本木洋央本人のつもりでやってくれればそれでいいから。

ということで、本人のつもりでやった。うまいことに、おれ自身に近い役でもあったのだ。

仕上がったその作品は、『妄想浪漫』。いかにも自主映画っぽいタイトルだ。そこで和ませるためにあえてそうしたのだと菅野監督は説明した。ちょっと昭和アングラ感も出そうとしたのだと。

『妄想浪漫』は、上映時間四十五分。ワイド1・78。ステレオサウンド。

性的妄想が止まらない高校生の話だ。

といっても、わりと健全。ヤバいとこまではいかない。女子がそこにいるってことはおっぱいがそこにあるってことじゃん。ほかのあれこれもそこにあるってことじゃん。と考えて一人悶える男。みたいな感じだ。

確かに、そんなようなことは、男子なら誰でも考えたことがあるだろう。おれもある。三十歳になった今でも、正直、ある。常にそんなことばかり考えてるわけではない、というだけ。

初め役名は別のものだったが、おれの演技を気に入った菅野監督が、役名もヒロオでいこう、と言いだした。カタカナのヒロオならいいよね？　本木くん。

まあ、いいですよ、とおれは言った。漢字の洋央でもよかったが、自分からそうは言わなかった。

すでに十九歳だったが、高校の制服にも違和感はなかった。おれ自身、留年生気分を楽しんだ。女子高生役の三人は皆、女子大生。おれより二歳は上だったが、その人たちとも楽しくやれた。ほんとに皆さんのおっぱいとか想像しそうですよ、とおれが言っても笑ってくれた。明るい現場だった。その空気感が映像にもうまく出たのだと思う。

撮影したのが十九歳のときで、映画祭に応募したのが二十歳のとき。

そのコンペで、『妄想浪漫』は、何と、実写部門の準グランプリを獲った。

おれの素人演技もそこそこ評価され、役者賞には手が届かなかったが、審査員の映画プロデューサーから、この子はもしかしたら化けるかも、と言われた。いや、化けないでしょ、と思いつつ、化けんのか？　とも思った。

でもその準グランプリでおれが最も強く思ったのはこうだ。

菅野さん、すげえ。

じゃなく。

こんなので獲れんのかよ。

菅野さんにそうは言わなかったが、それは素直な気持ちだった。あのやり方でいいのか。というか。決まったやり方なんてないのか。

役者は楽しかった。素人の遊びとしてやったから楽しめた。たぶん、次はそうはいかない。化けると言われたのはうれしいが、またやりたいとは思わない。

出るほうではなく、撮るほうに惹かれた。役者を操って映像にするほうに、はっきりと惹かれた。

またやろうよ、と菅野さんに言われたが、そこは断り、正直に言った。おれも撮りたいです、と。

じゃ、撮んな、と菅野さんは言ってくれた。最低限必要なことは教えるから、と。

そんな流れで、おれは撮る側にまわった。

菅野さんはまず、知り合いから借りてた二十枚以上の映画ＤＶＤをまとめておれに又貸ししてくれた。その中に、末永静男の『東京二十三夜』があった。

さすがに驚いたが、菅野さんには何も言わなかった。そもそも、おれが末永静男の息子であることは話してないのだ。それが広まっても困るので。

借りたＤＶＤはどれもすぐに観た。『東京二十三夜』だけは観ない、なんてことはなかった。変なためらいもなし。そこはすんなりいけた。もうおれは映画の世界に足を踏み入れてたから。そのこと自体に末永静男の影響はなかったから。

『東京二十三夜』は、単純に、よかった。そのときはまだおれ自身の映画理解度が低かったからか、漠然とした夜の印象だけが残った。

菅野さんに撮影のあれこれを教わりながら、既成の脚本をいくつも読み、自分で脚本を書いた。出来は無視。ひたすら書いた。思いつくままに、映像にすれば十分程度の脚本を月に十本は書いた。

それを半年ほど続け、三十分、四十五分、六十分、と時間を延ばしていった。すでにあった十五分のものに肉付けして長くすることもあったし、初めから四十五分や六十分を想定して書くこともあった。

書いたら、撮れるものは撮った。一作を通して撮るほか、撮れるシーンだけを断片的に撮ったりもした。そんなには役者を集められないので、四人程度ですむ話が多かった。知り合いという知り合いに片っ端から協力してもらい、少しずつ映像にしていった。

菅野さんが『妄想浪漫』で準グランプリを獲ったのは二十二歳、大学四年生のとき。それまで菅野さんは就活をしてなかった。大学を卒業しても就職せず、そのままバイトをしながら映画を撮るつもりでいたのだ。

でも準グランプリを獲ったことで方針を変え、制作プロダクションに入った。主にテレビドラマをつくる会社だ。来ないか？　とあちらから声がかかったらしい。

プロの現場でドラマ制作を学ぶのも悪くないと思い、菅野さんは入社を決めた。それで給料をもらえるのだから悪くないとおれも思う。他人の家財道具を運んでるよりはずっといい。

一方、おれは、その後も他人の家財道具を運びつづけた。

制作プロダクションの仕事は激務。菅野さんとはほとんど会わなくなった。でもそのころまでに基本的なことはわかるようになってたので、監督兼脚本家として自主映画を撮りつづけた。

そして二十三歳のとき、満を持して映画祭のコンペに応募した。学生向けではない。一般向け。応募者の年齢や経歴、作品の内容や長さは問われない、オープンなコンペだ。

前年も応募しようと思えばすることはできた。が、とどまった。まだこれじゃダメだ、と思ったのだ。とりあえず応募してみる、というレベルの作品ではダメだと。

その年は、自身、初めて満足のいくものが撮れたので、応募した。

タイトルは一文字。『蛾（が）』。

振り込め詐欺の受け子の話だ。社会的に追いこまれ、それをせざるを得なくなった男。夜の闇に沈む男の話。

主役には、アマチュアラッパーの宮浦摂斗（みやうらせつと）をつかった。アマといっても、セミプロに近いアマ。引越のバイトでスカウトしたわけではない。ネットに上げられてた動画を見て気に入った。出演する渋谷のクラブにわざわざ声をかけに行った。

ラッパーにしては地味。髪型も服装も普通。本当に、その辺にいる普通のやつにしか見えない。ラップをやると豹変（ひょうへん）して攻撃的になるとか、そういうことでもない。淡々とやる。ただ、引かない。バトルで相手に攻められても下がらない。ずっと自分のペースでいく。常に勝つわけでもない。負けもする。負けても淡々としてる。

役が役だからいやがるかとも思ったが、摂斗はおれの依頼をすんなり受けた。おもしろそうですね、なんてことは言わず、やりますよ、とただ言った。そこも淡々と。

役者志望でも何でもないとこがよかった。菅野さんにスカウトされたときのおれもそうだったように、演技に対してガツガツしてないのだ。いい意味で余裕があった。素人だから持てる余裕だ。

役名は、宮浦摂斗。そこは末永静男をまねてそうした。

高校三年生のとき。だから役者として映画に関わる前。新聞で読んだことがあった。ばあちゃんがとってて、亡くなったあともとりつづけた夕刊。そこに末永静男のインタヴューが載ってたのだ。気づいた母ちゃんが、何故かおれに渡してきた。読め、ということでもなく、ほら、と。

登場人物の名前なんてどうでもいい。むしろそうやって自動的に決まるのが理想。もし俳優に佐藤が二人いたら、役名もそうしてた。どっちも佐藤。現実の世界はそういうものだから。と、そんなようなことを、末永静男は言ってた。確か、『夜、街の隙間』に関してだったはずだ。実際、この映画は役名がすべて俳優名だし。

偉そうに何を言ってやがんだよ、と高三のおれは思ったが、言ってることはそのとおりだった。印象的な名前など不要。邪魔になるだけだ。

映画は、誘蛾灯に集まり、バチバチッと自動的に駆除される蛾の映像から始まる。アップにもしてるから、結構グロい。

でもそこからタイトルの『蛾』を思いついた。まさにバチバチッと決まった感じがあった。『蛾』は、コンペで審査員特別賞を獲った。審査員の一人であった都丸聡一監督が熱烈に推してくれたのだ。

それはうれしかったが、グランプリを獲れなかったことに対する落胆のほうが大きかった。要するに、おれより上がいると判断した人のほうが多かったということなのだ。

もちろん、おれ自身はそんなこと思ってない。『蛾』がベストだと思ってる。でも結果は受け入れた。

審査員が全員一致で一位に推す。結果、ぶっちぎりでグランプリを獲る。そうでなきゃいけない。

そこからはまた二年かけた。自分の中で、次作が、はいオーケー、とはならなかったのだ。だからまた脚本を書き、また撮った。

これならいけんだろ、と思えるものができた。

二十五歳のとき、再びコンペに応募した。

タイトルは、『清楚(せいそ)』。

清楚って、何？　というおれ自身の疑問から始まった、清楚なAV女優の話だ。経済的に追いこまれ、それをせざるを得なくなった女。昼の光にすべてを晒(さら)される女の話。

清楚という言葉は昔からある。飾りけがなく清らかなこと。また、そのさま。辞書にはそう載ってる。今やつかい方は限られてる。清楚なお嬢様とか、清楚系アイドルとか、そのくらいだろう。

清楚なお嬢様。本気で言ってる感はない。ちょっとふざけてる感が出てしまう。だから、本来の意味ではつかいづらくなってる。カリスマ、みたいなもんだ。カリスマ店員という言葉が広まってから、カリスマは本来の意味でつかえなくなった。それに近い。

清楚系AV女優。主役は、いわゆる読者モデルの横内舞砂(よこうちまいさ)。

ダメもとでDMを送ってみたら返事が来た。案外乗り気だった。ギャラは出せないんだけど、と言うと、それでもいい、と言った。その代わり、賞をもらって、ちゃんと世に出してね。

いろいろな意味で気に入った。『蛾』の摂斗とちがい、こちらははっきりと役者志望であることがよかった。演技に対してガツガツしてた。それが役とよく合った。

役者名は横内舞砂だが、内容が内容なので、さすがに役名までそれにはしなかった。AV女優のミコ。カタカナ二文字だ。

裸そのものは出さなかったが、手前までは行ってもらった。下着姿。といっても、上はなし。下だけ。手ブラにTバック。

際どいシーンはいくつもあった。舞砂はためらわずにやってくれた。いつもの感じでやればいいんでしょ？　と自分から言った。いつもの感じって何だよ、と逆におれが言った。エロいよ、と。

で、『清楚』の結果がどうだったかと言うと。

入選。そこ止まりだった。グランプリも準グランプリも審査員特別賞も獲れなかった。五百何本の中の十六本には入った。それだけ。

グランプリを獲れなくてごめんな、と舞砂には謝った。舞砂は言った。いいよ。初めから獲れるとは思ってないし。でもさ、五百以上ある中で、ちゃんと入選はするんだね。洋央っち、才能はあるってことじゃん。

おれは舞砂に言った。お前、清楚だな。

その勢いで、寝た。愛奈というカノジョがいるのにだ。

でもそれはしかたない。何せ、おれは末永静男の血を引いてるから。

愛奈は大卒で、おれより一歳下。家具やインテリア用品の販売会社に勤めてる。知り合ったのはその店でだ。

入社後はまず店舗に配属されるらしく、愛奈はおれが買物に行ったときにそこにいた。枕カバーはどこ？　おれがそう尋ねたのが最初だった。後日、掛ブトンカバーも敷ブトンカバーも買った。押しに押して、おれはどうにか愛奈と付き合った。

その時点で、おれはただのフリーター。でも『蛾』で審査員特別賞を獲ってたことで、愛奈も、可能性がない人ではない、というくらいには見てくれた。

だからこそ、『清楚』が入選止まりだったことは本当に残念がった。もしかしたらおれ以上だったかもしれない。なのにおれは舞砂と寝てしまうわけだが。

愛奈と舞砂。母音の響きが似てるからちょっとヤバい。時々まちがえそうになる。愛奈といるときに舞砂と言ってしまいそうになる。寝起きなんかだと特に。

まあ、そっち関係のことはいいとして。

『清楚』が入選止まり。おれは行き詰まった。いい映画を撮ってもグランプリを獲れない可能性はある。そのことに気づいてしまった。

いい映画を撮るのは最低限。でもそれで賞を獲れるかは時の運だ。審査員の好みもある。もしかしたら審査員のその日の体調だって、関係してくるかもしれない。例えば蛾のアップの映像で、ウゲッ！　となるとか。

グランプリを獲ったとしても、先につながるかはわからない。それでデビューした監督もいる。が、デビューできなかった監督もいる。獲れたから必ず成功する、というものでもないのだ。それでも肩書になるから、狙いにはいくべきだが。

そのころでおれはまだ二十五歳。とはいえ、引越のバイトもそろそろきつくなってきた。もう六年もやってたのだ。ベテランもベテラン。社員にならないかと誘われたりもしてた。そうすれば楽かな、と思ったこともある。

体力面よりもまず、映画とのバランスをとるのが難しくなってきた。生活費を稼がなきゃいけないから、そっちばかりに時間を割けないのだ。

そんなとき、菅野さんからまた声がかかった。本木くん、よかったらウチに来る？　と。

制作プロダクションは人の出入りが激しい。その中では長く続けた人が辞め、即戦力になりそうなやつを探してたのだという。誰でもよくはない。初心者大歓迎ではない。初心者は歓迎しない。お断り。

そこで菅野さんが上におれのことを話した。『蛾』で審査員特別賞を獲ったこと。『清楚』でも入選したこと。

そんならそいつをとれ、となり、菅野さんがおれに連絡した。

かなり迷ったが、入社することにした。

すごくいい話じゃない、と愛奈も喜んだ。そこで働きながら自分の映画を撮ればいいじゃない、と。

そううまくいかないことはわかってた。自分の時間なんてあるはずがないのだ。ただ、経験を積む場と考えれば、確かに悪くはないかもしれない。

と、たぶん、数年前に菅野さんもしたような妥協をおれもして、その会社に入った。

それから四年以上になる。無数の理不尽に耐えつつ、どうにか続けてる。今は北区の田端から新宿区の四ツ谷に通ってる。

そう。ワンルームのアパートは田端にある。山手線環外。さすがに家賃四万円台で環内には入れなかった。それでも相場よりはずっと安い。その代わり、ムチャクチャ古い。築四十年。おれより十歳上。

制作プロダクションに入ったからといって、いきなり演出をやらせてもらえるわけではない。制作はあくまでも制作。広い意味での雑用が多い。多いというか、それがほぼすべて。撮影の現場は見られるからどうにかやれてる。それがなかったらとっくに辞めてたはずだ。

時間は不規則。だから愛奈ともそんなに会えなくなった。考えてみたら、もう二ヵ月会ってない。同じ東京に住んでながら二ヵ月会わないカレシカノジョなんているのか。いるのだ。まあ、いつまでも結婚を言いださないおれに愛奈が愛想を尽かしかけてることも確かだが。

自分の映画をつくるためにそうなってるならいい。現状は、そうなってない。おれは人がテレビドラマをつくるのを手だすけしてるだけ。人、が誰なのかも判然としない。テレビ局なのか、ウチの会社なのか。

視聴者に求められるからつくってる。それは確かだ。視聴者が見たいものをつくる。視聴者が楽しめたものがいいドラマと呼ばれる。それも確かだ。

つくり手の意思が不要なわけではない。そういうことではない。そこが第一ではないというだけ。それは映画も同じだが。

テレビドラマは、昔とそんなに変わらない。扱う素材がそのときそのときでちがうから、変わってるようには見える。でも根本はそう変わってない。

今でも、革靴は必要以上にコツコツ鳴るし、犯人はカラカラ笑う。登場人物たちは話を進めるために自分の思いを他人にベラベラしゃべるし、感情が高まったら、あーっ！　と叫ぶ。テレビではそんな演出が求められもする。皆、テレビドラマは気楽に見たいのだ。それはおれだってそう。そんなには見ないが、見るならかまえずに見たい。

どちらがいいどちらが悪いじゃない。テレビと映画は別ものだ。ドラマという基は同じ。映画に寄ったテレビドラマもあるし、テレビドラマに寄った映画もある。あるというだけ。別は別。

この四年で、そのことはわかった。初めからわかってはいたが、何というか、身を以(も)ってわかった。ウチの会社はテレビドラマ制作が主だから、いい経験になった。

が、激務は激務。自分の映画を撮る余裕はない。脚本すら書く余裕はない。ないといってもどうにかなるだろう、と思ってた。ならない。そのこともわかった。

意志さえあればどうにかなる。そんなに甘いもんじゃない。そりゃ死ぬほどの無理をすれば脚本は書けるだろう。撮影もできるだろう。でも片手間でやったそれがいいものになるかと言えば、絶対にならない。意志さえあればどうにかなるなんて言ってるやつは、その意味で甘いのだ。いいものは、そう簡単につくれない。

スクリーンに映る街。銀座。

映画の中で、夜は明けはじめる。大通り。中通り。クラブ街。その時間の風景。ごみを狙うカラスが各所で飛びまわる。

そして日比谷公園では、須田登がベンチで居眠りをしてる。わきにはベースケース。隣のベンチに溝部純孝と早川れみの姿はない。いるのは須田登一人。

と思ったら、滝口太造を捜しに来た石崎育代が須田登の前を歩いていく。

ピピピピピピピピ、とアラームみたいな電子音が鳴る。

目を覚ました須田登がポケットから携帯電話を取りだし、画面を見る。スマホではない。ガラケーとも言いづらい分厚いやつだ。かなり初期の型。

須田登はボタンを押し、携帯電話を耳に当てる。

「もしもし」

相手は男。その声が聞こえてくる。

「あ、須田ちゃん？　おれ、カサマツ。起きてた？　こんな時間に悪い悪い。あのさ、いきなりだけど、こないだの話、やってくんないかな」

「こないだの話？」

「いや、ほら、ＣＭの話よ。赤ん坊の紙おむつの」

「あぁ」

「あれ、やっぱベースはエレキよりウッドのほうがいいってことになってさ」

「そうですか」

「あそこの社長から、安っぽい感じにするなって指令が出たみたいで。何か、こう、ゲージュツっぽくいきたいらしいんだわ。赤ん坊の紙おむつにゲージュツもねえだろうって気もすんだけど。クライアントの要望とあっちゃしかたないからね。そんな電話を今かけてきやがってさ、悪いと思いつつ、もう時間がないから、おれも須田ちゃんにかけちゃったよ。どう？　やってくれるよね？」

　須田登はすぐには返事をしない。

「あれ？　もしもし？　須田ちゃん？」

「やりますよ」

「よかった。じゃ、オーケーね。調整して、午後にもう一度電話すっから。そのときスケジュール組も」

「はい」

「ってことで、また」

　電話が一方的に切られる。

　須田登は耳から携帯電話を離し、その画面を眺める。結構長く眺める。言う。

「本日はブルーノートへようこそ。では最後の曲です。『紙おむつのブルース』」

　そして日比谷公園からまた銀座へ。

　今はない数寄屋橋（すきやばし）阪急が見えるので、たぶん、外堀通りだ。

　溝部純孝と早川れみが並んで歩道を歩いてる。

「ねえ、あの話、忘れてくれる？」と早川れみが言い、

「あの話？」と溝部純孝が言う。

「わたしと寝てほしいってあれ」

「あぁ」

「わたし、どうかしてた」

「いいよ。忘れる」と言ってから、溝部純孝は続ける。「でもそれとはまったく別のこととして」

「ん？」

「あらためて、おれは君と寝たいな」

早川れみは驚いて溝部純孝の顔を見る。

溝部純孝は言う。

「今日とは言わないよ。いつか」

早川れみの顔がゆっくりとほぐれる。笑みが少しずつ広がる。時間をかけて、笑顔になる。

いい演技だな、と思う。そこでのセリフはなし。表情だけ。いい演出でもある。

小説家志望の溝部純孝とフリーターの早川れみ。タクシードライバーの森井希羽とお客の戸倉有彦。ジャズベーシストの須田登と会社員の並木優子。洋画家の滝口太造とクラブのママの石崎育代。そして警官の平塚丈臣と野良猫。

四組の男女と警官と野良猫が、何らかの形で一度は接触する。有機的にではなく、無機的に。テレビドラマでこれはやれない。まず、企画としてゴーサインが出ない。やるなら有機的なことをさせてしまう。それが求められてしまう。セリフにしてもそう。もっと言ってしまう。踏みこんでしまう。

テレビでこれをリメイクしたら、まったく別のものになるだろう。残るのは、銀座の一夜の話、という設定だけ。いや、銀座ですらなく、新宿や渋谷に変えられてしまうかもしれない。そのどこかで事件が起きたり爆発が起きたりしてしまうかもしれない。平塚丈臣はＳＡＴ隊員に変更されてしまうかもしれない。

そして。

外堀通りと晴海通りが交わるところ。数寄屋橋交差点に、須田登と並木優子と野良猫以外の七人が集まる。

日比谷公園側の角に、溝部純孝と早川れみ。対角に、石崎育代。

溝部純孝と早川れみと同じ角には滝口太造もいるが、渡ろうとする方向がちがうので、二人は気づかない。

歩行者用信号は赤。でも滝口太造は不意にふらつき、二、三歩車道に出てしまう。

そこへ、戸倉有彦を乗せた森井希羽のタクシーが通りかかる。

急ブレーキの大きな音を立て、車はどうにか停まる。

ギリセーフ。バンパーすれすれのとこに、意識を失った滝口太造が倒れてる。

溝部純孝と早川れみが駆け寄り、わきにしゃがみ込む。

「この人」と早川れみが言い、

「うん」と溝部純孝が言う。

男がバーで会った滝口太造であることに気づいたのだ。

タクシーから森井希羽と戸倉有彦が降りてくる。

急ブレーキの音を聞きつけた警官平塚丈臣も駆け寄ってくる。今は制服を着てない。私服姿だ。

「どうした?」とその平塚丈臣が言い、

「急に倒れて」と溝部純孝が返す。

「とりあえず歩道に。そーっとね。そーっと。頭を打ってるかもしれないから」

平塚丈臣と溝部純孝と早川れみと森井希羽と戸倉有彦。五人で滝口太造を歩道へと運ぶ。

歩行者用信号が青に変わり、対角からは石崎育代が、有楽町マリオン側の交番からは制服警官一人が駆けつける。

「何、ぶつかったの?」と警官が言い、

「いえ、ぶつかってはいないと思います」とやはり溝部純孝が返す。

「病院に行ったほうがいいんじゃない?」と早川れみが言い、

「外傷はなさそうだけど」と平塚丈臣が返す。

その顔を見て、警官が言う。

「あぁ、何だ、平塚か」

「どうも」

「どうした?　こんな時間に」

「親父があぶないと連絡が入ったんで、上がらせてもらいます」

「そういうことか」

「だいじょうぶですか?」と森井希羽が滝口太造に言う。

「ごめんなさい。この人が悪いのよ」とこれは石崎育代。

「おじさん、おじさん」と平塚丈臣が呼びかける。

滝口太造はゆっくりと目を開ける。しばしぼんやりしてから、平塚丈臣を見て、言う。

「君は、お巡りさん」

皆がそれぞれに安堵の声を洩らす。

「よかった」そして平塚丈臣は言う。「おじさん、どこか痛む？　頭とか、体とか」

「いや」

「どうしたの？」

「ふらついて、気づいたら、こうなってた。飲んだから」

「倒れたとき、頭を打たなかった？」

「打ってない、と思う」

「気持ち悪かったりしない？」

「しない。酔いは残ってるけど」

「酔いだけ？」

「だけ」

「よかった。それなら、救急車もだいじょうぶでしょう」

警官が滝口太造のシャツを指して言う。

「でもその血は」

「それは何でもないです」と平塚丈臣が説明する。「公園の覗きからカップルを守ったんですよ。そのときに殴られて。それ以上の事件性はないです」

「何で知ってるんだよ」

「僕が対処しましたから」

「ほんとに？」

「はい」

そして石崎育代が森井希羽に言う。

「ねぇ、わたしのマンションに連れていくから、乗せてくれる？　築地（つきじ）なの。すぐ近く」

「はい。それじゃあ」と森井希羽が言い、

「おれも行くよ。男手が必要だろうから」と戸倉有彦も言う。

「溝部くん、ありがとう。まさかこんなとこで会うなんて」と石崎育代。「ほかの皆さんも、ありがとうございます。ご迷惑をおかけしました。あとは、わたしが責任を持ってどうにかします」

警官が交通整理をし、ほかの六人は滝口太造をたすけ起こして森井希羽のタクシーに乗せる。滝口太造と石崎育代が後部座席、戸倉有彦が助手席に座る。森井希羽は運転席に座り、エンジンをかける。

タクシーは静かに動きだす。右折はできないので、そこは直進。

その後ろ姿を、歩道に残った三人、溝部純孝と早川れみと平塚丈臣が見送る。

三人は黙ってる。タクシーはあっという間に小さくなる。聞こえるのは、ほかの車の通行音も含めた早朝の街の音のみ。

そこへ、須田登が弾くウッドベースの音が流れてくる。

「君たち、あのおじさんと知り合い？」と平塚丈臣が尋ねる。

「そういうわけでは」と溝部純孝が答える。「いや、でもやっぱり、知り合いですかね」

隣で早川れみがうなずく。

そして日比谷公園。たぶん、ラストシーン。

須田登がベンチの前に立ち、一人、ウッドベースを弾いてる。前シーンで流れてきたのはその音だ。

野良猫が、須田登のわきにちょこんと座って演奏を聞いてる。昨夜は同じこの場所で滝口太造が語りかけたあの猫。一夜の冒険を終え、銀座から日比谷公園に帰ってきたのだ。

野良猫が実際に日比谷公園から銀座まで移動したりするのか。したのなら、夜でも交通量が多い日比谷通りを渡ったのか。

そんな理屈はいい。

人と一緒に青信号で横断歩道を渡ったのかもしれない。同じに見えただけで、実はすべてちがう猫だったのかもしれない。誰も同じ猫だとは言ってないのだ。まあ、同じ猫だろうが。

夜は完全に明け、代わりにスクリーンが黒になる。

エンドロールが流れる。

そのあいだも、須田登のベース演奏は続く。ベースソロ。やがてそこにサックスとピアノとドラムスが加わり、クァルテットの音になる。たぶん、ジャズクラブで演奏してたクァルテットだ。もしかしたら、須田登以外の三人は本物のミュージシャンなのかもしれない。

その演奏を聞きながら、あぁ、とおれは思う。終わっちゃうな、映画。時間があればもう一度観たい。確か明日が最終日。明日は、無理だろうな。

このあと速攻でスタジオに行って、どうせ出演者の誰かがちょっとは遅刻をして、撮影開始はその分遅れて、終わりは朝になって、出演者たちは帰って。

でもおれには次の準備があって、場合によっては一度四ツ谷の会社に寄って、それからやっと田端のアパートに帰って、シャワーを浴びるか浴びないか迷って、面倒だから浴びないほうを選んで、缶ビールを一本飲むか飲まないかも迷って、そこはまちがいなく飲むほうを選んで、飲んだら十五分で寝落ちして、二時間寝て三つの目覚ましに起こされる。で、また仕事。

明日、観に来られるはずがない。

何なら、今日の撮影を飛ばして、このまま次の回も観ちゃうか。

というのは考えるだけ。考えて楽しむだけ。

それをやったらおしまい。この世界は案外狭い。人の信用を失うのはマズい。自分の首を絞めるだけだ。自分の映画を撮れるようになったときにそのツケがまわってくる恐れもある。

映画を観て疲れた目を閉じる。左手の親指と人差し指とで眉の下あたりをウニウニともみほぐす。

館内が暗いこともあって、視界は真っ暗。

おれのまぶたの裏のスクリーンに映画の残像が浮かぶ。夜の映画だから、残像も夜。まぶたスクリーンに黒の残像。でもちゃんと浮かぶ。

それにしても。

何でこいつはこんなにうまく夜を撮るんだよ。

別に撮影技術のことを言ってるんじゃない。それはカメラマンの領域。そうじゃなくて。脚本と演出の話。

夜明けまで撮ることで、夜が浮かび上がる。切り離される。何というか、夜が一つの塊になる。まとまる。そうやって、観た者の頭やら心やらに残る。

デビュー作で、こいつはもう夜を撮ってた。映画展のコンペに入選した『夜半』だ。企画上映で一度観たことがある。

モノクロで、カメラの質が悪かったため、映像はザラザラしてた。さらに夜。まあ、暗かった。それでも、ほかの監督が同じ条件で撮る夜とはちがう感じがした。ほかの監督なら、そのシーンがたまたま夜というだけ、になるだろう。でもこいつはちゃんと夜を撮ってた。出てくる男女の話じゃなく、夜の話にしてた。

『夜、街の隙間』の三年後に撮った『東京二十三夜』は、菅野さんにDVDを借りただけでなく、自分でブルーレイを買いもした。末永静男に儲けさせるのは癪(しゃく)だったが、それはしかたない。

あらためて観ると、そこにはまたちがう夜があった。『夜、街の隙間』のように人と夜が解け合ってるのではなく、人と夜を別々に撮ってる感じがあった。

『夜半』と『夜、街の隙間』と『東京二十三夜』。夜三部作と言われる三つだが、夜の描き方はそれぞれちがう。

『夜半』では、夜そのものを描いてた。極端なことを言えば、人はどうでもよかった。人をつかって夜を表現してた。

『夜、街の隙間』では、人と夜を一体化させた。人と夜、どちらにも意味があった。均等に、あった。

『東京二十三夜』では、人と夜を分けた。どちらにも意味はあったが、双方を独立させて描いた。おれはこの『夜、街の隙間』が一番だと思う。でもそれは好みの問題。人によって順位は変わるだろう。

三部作のあと、末永静男はもう夜の映画を撮らなかった。少なくとも、夜という言葉がタイトルにまで出てくるようなものは撮らなかった。

まず、『東京二十三夜』のあとに撮らせてもらえたのは二本だけ。どちらも、自分で脚本を書いたものではない。たぶん、依頼を受けて演出だけをしたものだ。

もし自分の映画を自由に撮らせてもらえたなら。もっと夜の映画を撮ったのか。それとも。もう三つ撮ったからいい、夜はここまで、となってたのか。

死ぬ前の十年は、一本も映画を撮ってない。テレビドラマを撮ったりもしてない。だから末永静男の名前はほとんど世に出てこない。死んだことで、久しぶりに出てきたのだ。で、二年後に追悼上映、となった。

映画監督なんてそんなもんだ。撮りたい映画だけを撮るわけにはいかない。だったら自分でお金を出して撮りなさいよ。そう言われておしまい。実際に金を出して撮ったとしても、公開されるかはわからない。されたとしても、数館止まりだろう。

何であれ。

これだけは認めざるを得ない。

末永静男は、いい映画監督だった。

妻以外の女に子を産ませるんだから、人としては明らかにクソ野郎。でもそんなやつにも才能は宿る。公平ってのはそういうことだ。

そこに関してはこう思う。それを不公平ととらえる感覚が自分になくてよかったと。

天が二物を与える可能性はある。二物どころか、三物も四物も与える可能性だってある。それこそがまさに公平だ。天に与えられる、と思ってることがもうおかしい。自分の才能のなさを天のせいにすんなよ。天なんてものはねえんだよ。

結局は、自分がやるかやんないかだ。

役者でもミュージシャンでもそう。よく、三年本気でやってダメならあきらめる、なんて言うやつがいる。

潔くは聞こえる。親の反対とか女の反対とか、事情はいろいろあるんだろう。

でもおれはそいつに言う。

やめることを想定できるならやんなよ。失敗しても落ちこぼれたくないなら、初めからやんなよ。お前の本気なんてその程度だよ。それでどうにかうまくいくやつも何人かはいるかもしれない。ただ、その後もずっとやれるやつは、たぶん、一人もいねえよ。

エンドロールは終わりに近づいてる。黒いスクリーンにこんな白い文字が出る。

監督　末永静男

ふうっとおれは息を吐く。はっきりと、思う。

そうすることでいいものがつくれるなら浮気くらいするよ。ヒモにだってなるよ。おれは出がこんなだしな。血のつながりなんてどうでもいい。父親としての末永静男に興味はない。でもこんな映画を撮れるやつにはなりたい。

クァルテットの演奏が終わる。ピアノとベースとドラムスがそれぞれ最後の音を放つ。サックスが短いフレーズを吹いて、締める。

あと何秒かで映画館の夜も明ける。照明が点く。館内は明るくなるはずだ。

その前に。まだ夜であるうちに。

おれは決める。

別にテレビドラマを撮りたいわけじゃない。おれは自分の映画を撮りたいのだ。勉強にはなった。もうこれ以上はいい。今日はこのあと仕事に行く。今撮ってるドラマには最後まで関わる。でもそこまでだ。まずは会社を辞め、自分の映画を撮る。

『この現実の日』という映画のタイトルが唐突に浮かぶ。

次いで、こんな言葉も浮かぶ。

白は黒で上は下で東が西で地球こそが宇宙。自然に始まり不自然で終わるこの現実の日。

夜だけじゃなくていい。おれは昼も撮る。

『夜、街の隙間』で早川れみが言った言葉。わたしね、夜より昼のほうがこわいの。昼間って、すべてのものが見えちゃうから。

悪意から何からすべて見えちゃう昼も、おれは撮る。昼も撮り、その上で、夜も撮る。昼に夜を絡める。

末永静男は確かにすごい。

が、すごいすごい言って終わる気はない。そんな気はさらさらない。

おれは『蛾』で夜を撮ったが、『清楚』で昼も撮ってる。人の悪意も羞恥も、昼の光に晒してる。

やつが撮らなかった、いや、撮れなかった昼も撮ることで、おれは末永静男を超える。超えられる。そんな手応えがある。

中高生のそれみたいな根拠のない自信かもしれない。

今はそれでいい。

『夜、街の隙間』。観に来てよかった。

さあ。夜が明ける。

断章　銀座

東京メトロ丸ノ内線に乗っている。

早めに出て歩くことも考えたが、雨だというので、会社からそのまま地下に潜った。銀座まではわずか一駅だ。

車両のドアのわきに立ち、窓の外の暗がりを見ながら考える。

父の葬儀は、本当にあっさりしたものだった。

母はうまかった。身内だけでしんみり故人を送った、との印象を世間に与えた。実際にそうはそうなのだが、僕にしてみれば、しんみりよりあっさりとの印象のほうが強い。

当時はそこに母の真情が表れているような気もしたが。母が父のことをどう思っていたのか、どんな思いで父を送ったのか。正確なところはわからない。

よく言われるこれ。愛憎。

愛は、もうなかっただろう。

だが憎も、そんなにはなかったのかもしれない。ある時期もあったというだけで。

母は父の映画に一度だけ出ている。主役ではなかったという。まだ結婚する前のことだ。それで父と知り合った。結婚してからはもう出ていない。父がいやがったらしい。僕が大学生のころに母がそう言っていた。

末永静男と土門道恵。仮面夫婦といえば仮面夫婦。

父に隠し子がいたことは、最期までバレなかった。父が大して注目されていなかったからだろう。そして本木梨美にバラす気がなかったからでもあるだろう。その手のことがバレるのは、やはりそちら側からなのだろうし。

バレたら母はどうしていたのか。そこでは素早く別れていたかもしれないし、それでも別れない妻、との立場をあえて選んだかもしれない。

何であれ、母は父と別れなかった。

離婚でつくマイナスイメージを嫌ったから。それも少しはあるだろう。だがそれだけではない。母は価値を見出してもいたのだ。ヒットはしないが評価はされる映画監督末永静男、そのブランド力に。

父の追悼上映がおこなわれることを、母は僕に言わなかった。言う意味がないと思ったのだ。父を嫌う僕が観に行くはずもないから。

僕が追悼上映のことを知ったのはたまたまだった。いや、たまたまでもない。寧々が言ったのだ。お父さんの映画やるみたいね、と。

「そうなの？」と訊いたら、

「知らないの？」と訊き返された。

「知らないよ。知ってるわけがない」

「わけがないこともないでしょ。家族なんだから」

家族。その言葉が耳に残った。寧々は死んだ人のことも家族と言うのだな、と思い、まあ、言うか、と思った。

「お父さんのこと、そんなに嫌いなの？」

「そんなに嫌いだよ」

「今でも？」

「今でも」

寧々に父のことは話していた。浮気相手に子を産ませたこともだ。

母と僕がその親子と関わることはない。現に、親子が葬儀に姿を見せることも遺産がどうのと言ってくることもなかった。それも伝えていた。だから何も心配はいらないのだと、そのことこそを伝えるつもりで。

その追悼上映に行きたい、と寧々が言ってきたらいやだな。そう思った。

が、寧々は言ってこなかった。代わりにこう言った。

「お父さんはお父さんでしょ。少なくともわたしにとっては、カレシのお父さんだよ」

そして四日前の土曜日。僕は久しぶりに実家に帰った。五十四階建てタワーマンションの最上階、塔の上にある実家だ。父の遺品はほとんどない実家。

広い居間で、母と食事をした。

ケータリングを呼ぶ？　と前日に母は言ったが、いや、いいよ、と返し、僕がデパ地下でローストビーフだの何だのを買っていった。

「へぇ。案外おいしいのね」と母は言い、

「そこそこいい値段はするからね」と僕が言った。

二人で赤ワインを飲んだ。それは家にあったもの。母は山梨にあるワイナリーから定期的にワインを取り寄せているのだ。僕はビールのほうが好きだが、母と二人のときはそれを飲む。

仕事はどうかと訊かれたので、大阪出張の話をした。

何年か前に大阪でテレビドラマの撮影をしたと母は言った。東京から嫁いだ女性という設定だったので、関西弁をリアルに話す必要はなかった。たすかったそうだ。地元の人たちのような関西弁を話すのは、俳優でも難しいらしい。

「だからあの人も大阪を舞台にした映画は撮らなかったものね」と母は言った。

あの人。父だ。

母の空いたグラスに赤ワインを注いで、僕は言った。

「今さら追悼上映とかやってるらしいね」

「ええ。銀座の映画館でね」

「打診とか、あったの？」

「あったわよ。権利は映画会社が持ってるけど、一応、あった。お母さんがこの仕事をしてるからでしょうね」

「筋を通した、みたいなこと？」

「一言ごあいさつをしたってことね」母はワインを一口飲んで言った。「『夜、街の隙間』。いい映画よ。観たことある？」

「ない」

「ないの？」

「ないよ」と僕はそれが当たり前であるかのように言った。「お母さんは、観たの？」

「観たわよ」と母もそれが当たり前であるかのように言った。「五回は観てるかな」

「五回！」

「ソフト化はされてないから、全部映画館で観た。あれは映画館で観る映画なのよ。スクリーンじゃないと、あの夜の感じはうまく伝わらない」

「そうなんだ」

「そう」

僕もワインを飲んだ。

飲み慣れていないから、いいワインとそうでないワインのちがいはよくわからない。いいワインだと知っているからおいしいと感じる。知らなければ、感じられないかもしれない。

そんなことを思い、僕は言った。

「洋央」

「ん？」

「本木洋央」

「あぁ」

「映画を撮ってるらしいね」

「そうなの？」

「何年か前にコンクールで賞を獲ったみたい。最近のことは知らないけど」

「調べたの？」

「一回だけ検索した。あの人が教えたのかな、映画の撮り方とか」

「それはないわよ。人に映画のことを教えるとか、そういう人じゃないもの。勝手に始めたんでしょ、その子が。やるのは自由だから」

「自由、か」

「立男もやりたかった？」

「いや。そんなことはないよ。やりたくなかった」言葉を足す。「才能もなかったし」

「あの人はね、自分から立男を映画の道に引き入れるつもりはなかったけど、立男がやりたいなら手だすけをするつもりではいたの。だから立男にならら教えてたかもね」

初めて聞く話だった。そして今聞いたところでどうにもならない話でもあった。

自分に才能はない。それはよくわかっている。やろうとしたところでうまくはいかなかっただろう。僕と接する時間が長かった母もわかっていたはずだ。父は、わかっていなかったのかもしれない。何せ、接さなかったから。

母は僕の能力を見切っていた。だからこそ僕が変な思いちがいをしないようそちらの世界から徹底的に遠ざけたのかもしれない。そちらの世界に入って父のようなゲス野郎になるのを恐れたわけではなくて。

母は赤ワインをさらに一口飲んで言った。

「あの人、父親としてはダメだったけど、映画監督としてはすごかったわよ」

僕は黙っていた。何も言いようがなかった。

「でね」

「うん」

「映画は映画よ」

少し考えてみたが、よくわからなかったので、母に尋ねた。

「どういう意味?」

「所詮は映画。されど映画」

僕はこの日、話の流れ次第では母に言ってしまうつもりでいた。紹介したい人がいるんだけど。と。

とどまった。

母に紹介するなら、その前に父のことを寧々にきちんと話しておかなければならない。父のこと、には本木親子のことも含まれる。本木梨美に洋央という名前も。僕は撮っていないのに本木洋央は映画を撮っていることも。

そしてついさっき、会社で思った。

たとえ父がゲス野郎であっても、そのゲス野郎がどんな映画を撮るのかは知っておくべきかもしれない。あれは映画館で観る映画だと母が言うのなら、実際に映画館で観るべきかもしれない。追悼上映は一週間。明日木曜まで。僕は明日から泊まりの出張。観には行けない。行けるとしたら、今日。

銀座駅で丸ノ内線を降りる。

改札を出て、地下通路を進む。

銀座線に近い出入口から外に出る。

午後六時五十分。道路は濡(ぬ)れているが、雨はやんでいる。映画館までは百メートルもない。そちらへと歩く。

映画館の出入口から何人かが出てくる。六人。数えられる。

三人は反対側へ向かうが、二人はこちらへ向かってくる。二人組ではない。別々。ともに女性。二十歳前後と六十歳前後。

間を置いて僕とすれちがうその二人はどちらも笑顔だ。いや、笑顔とはちがう。どう言えばいいだろう。晴れやかな顔、か。

『夜、街の隙間』は、タイトルからして夜の映画。大まかな内容も知っている。決して明るい映画ではないはずだ。なのに、その顔。晴れやかな顔。

チケット売場の前。路上に男が立っている。六人のうちの一人だ。最後の一人。スマホを耳に当てている。

近づくと、こんな話し声が聞こえてくる。

「映画観てたからスマホの電源切ってたんすよ」「いや、それはマナーだし」「スタートが遅れんのはいつものことですけど、早めるってありなんすか?」「勘弁してほしいっすよ。何様なんですかね」「まあ、速攻で行きますよ」

電話を切りながら、男はいきなりこちらへ走りだす。まさに速攻。

僕も不意を突かれてよけきれず、ぶつかってしまう。

「うわっ」とどちらもが声を出す。

「すいません」と男が言う。早口なので、さーせん、に聞こえる。

「あ、いえ」

僕のほうが近いので、素早くスマホを拾い、渡す。

その際、初めて男の顔を見る。三十前くらい。頬やあごに薄めの無精ひげが生えている。

「どうも」男は画面を見て言う。「ゲッ。割れてる」

見れば、確かに画面にひびが入っている。

マズい、と僕は密かに思う。

「でもだいじょうぶです。もとからちょっと割れてたんで。ぶつかったのはおれだし。ほんと、すいません」

「いえ、こちらこそ」

「時間ないんで、行きますね」と言っておきながら、男は僕を見て続ける。「もしかして、今から映画ですか?」

「まあ、はい」

「ムチャクチャよかったですよ。つっても、おれが超えてやりますけど。そんじゃ」

男は僕が来たほうへ走り去る。小走りではなく、ダッシュ。いや、スプリントと言ってもいい。早められたスタート、その現場へ向かうのだろう。

超えてやるとは何なのか。末永静男の映画を超える、ということか。

だとしたら、と思う。超えてください。人としては初めから超えているはずだから、映画人としてもどうぞ超えてください。

僕だって同じだ。

また別の意味で、父を超えなければならない。超えるというよりは、越える。踏み越えていかなければならない。いい加減、父を振り払わなければいけない。父の映画は観ないとか、そんなふうに遠ざけることで逆に囚(とら)われてはいけない。

無数にある映画の中の一本として、ただ観ればいいのだ。たまたま知り合いがつくったから観てみる。今日を逃したらしばらく観られない。だから観る。それだけ。

つまらなかったらつまらなかったでいいし、おもしろかったらおもしろかったでいい。つまらないから観ないほうがいいよ。おもしろいから観たほうがいいよ。寧々にどちらを言ってもいい。

本木洋央のことは知らなくていい。交わることはないから。ただ。ヒットはしないが評価はされる映画監督末永静男。それがどんなブランドなのかくらいは知っておいてもいい。

大阪にいるあいだにプロポーズの言葉を考えよう。大阪から帰ったら寧々を母に紹介しよう。

そんなことを考えながら、僕はチケット売場の窓口に寄っていく。

透明な板越しに、係の女性に言う。

「『夜、街の隙間』午後七時の回、一般一枚お願いします」

再び記念　三輪善乃

銀座四丁目交差点の角にある和光。その前で、二十歳ぐらいの女性が上を見ている。

何かあるのかなと、わたしもつられて上を見る。そして女性に目を戻す。自分の少し先を歩いてた人だ、と気づく。驚きが声に出てしまう。

「あっ、映画」

女性が不思議そうにこちらを見る。

「観てたわよね？」とわたしは続ける。「今そこで。そこの映画館で」

「はい」

「わたしも観てたの」

だから何だという話だが、そんなことは言わず、女性はこう言ってくれる。

「そうですか。じゃあ、六人のうちの一人、ですね」

「ええ」

「数えちゃいました。あんまり少ないから」

「わたしも、数えちゃった」

「雨だから、なんですかね」

と女性が言うその雨はもうやんでいる。

「雨だからというよりは、平日だからかもね」

「あぁ」

「ごめんなさいね、声をかけたりして」

「いえ」

「同じ映画を観てた人だ、と思って、つい。こんなに若い人が観に来るんだ、とも思っちゃって」

「若くないですよ。二十歳になっちゃいましたし」

「二十歳なら若いじゃない。わたしの三分の一」と流れで自分の歳を明かしてしまう。

「わたしは、雨だから入ったんですよ、映画館に。そしたら今のあれをやってて。だから、どんな映画かはまったく知りませんでした。タイトルも知らなかったし」

「じゃあ、たまたまなの？」

「はい。でも、すごくおもしろかったです。画家のおじいちゃん、かわいかったし。こういう映画、初めて観ました。で、最初のシーンはここだったよなぁ、と思って。それで見てました」

「あぁ。大時計」

「はい。知ってる場所が映画に出てきたから、何かうれしくて」

「おばさんも、二十歳の人があの映画をおもしろいと思ってくれるのはうれしい」

「今日ですよ、二十歳になったの」

「そうなの？」

「はい。今日が誕生日。ちょっといろいろあって、一人で映画を観ることになっちゃいました」

「おばさんの子も今日が誕生日。今日で二十歳」

「えっ？」と女性は声を上げる。「わたしとまったく同じじゃないですか」

「そう」

「女性ですか？」

「男性。息子」ついこれも言ってしまう。「静。漢字一文字」

「静くん。カッコいい」

「ありがとう。実はね、それ、監督が付けてくれたの」

「監督」

「今の映画の監督。末永静男さん」

「ほんとですか？」

「ほんと。不躾にお願いしたら、付けてくれた。お願いしたその場で。あの映画館の前で。男の子でも女の子でもいいようにってことで、静」

「すごい！」

「これ、おばさんのちょっとした自慢」

「ちょっとしたじゃないですよ。わたしが静くんならみんなに言いふらしちゃうかも。わたしがおばさんでも言いふらしますよ」

「わたしも少しは言いふらしたかな。ただ、よほどの映画通でもない限り、末永静男さんの名前は知らないんだけど」

「でもうらやましい。わたしも子どもができたら有名人に名前を付けてほしい」

「いやぁ、それは。おばさんはたまたまそうなっただけだし。ダンナさんと二人で付けなさいよ。二人の子なんだから。って、余計なお世話か」

「適当な有名人が見つからなかったらそうします」と女性が笑う。

それを聞いてわたしも笑う。声をかけてよかったな、と思い、言う。

「そうそう。お誕生日おめでとう」

「ありがとうございます」

「二十歳。大人の世界へようこそ。でもそこからは早いわよ。気がついたら四十年経ってこんなおばさんになってる。気をつけて」

「そんな。わたし、四十年後も一人で映画を観に行ける女性でいたいです」

「おぉ。うれしい。お上手」

「わたしもほんとにうれしいです。まさかこんなところで誕生日おめでとうを言ってもらえると思わなかったから。映画の中で『ハッピーバースデートゥーユー』が流れたときもうれしかったけど、今はもっとうれしいです」

「おばさんも、息子と同じ誕生日の人に会えてうれしい」

「じゃあ、わたし、向こうに渡って、大時計の写真を撮りますね。真下からじゃ見えないから」

「そうね。そうして。お会いできてよかった。それじゃあ」

「あ、その前に」

「ん？」

「一緒に写真を撮らせてもらっていいですか？　ツーショット。誕生日の記念に。この人が先に誕生日を祝ってくれたって言って、カレシに見せます」

「カレシさん、怒らない？」

「怒りません。それで怒る人なら付き合いません」

「じゃあ、わたしも写真、いい？　息子の誕生日の記念に」

「ぜひぜひ。撮り合いましょう。そうだ。お名前、訊いていいですか？」

「三輪善乃。そちらは？」

「カワゴエコナツです」

「コナツさん。いいお名前」

「静くんには負けますよ」

わたしたちはそれぞれバッグからスマホを取りだす。

「じゃあ、撮りますよ」

カシャリ。

「次わたしね」

カシャリ。

午後七時の回

午後八時五十分。映画が終わっても、しばらくは席を立てなかった。最終回だから今日はこれにて閉館。わかっているのに、立てなかった。

『夜、街の隙間』。

監督の末永静男が、エキストラに近い役者として出ていた。いわゆるカメオ出演だ。

深夜の銀座を歩いていた小説家志望の男とフリーターの女がすれちがう男。それが末永静男だった。

見覚えのあるシャツを着ていた。夏にいつも着ていたもの。ライトグレーというよりは薄ねずみ色と言いたくなるヨレヨレの半袖シャツ。息子だから、すぐに気づいた。

末永静男は、一人、早口で何やらブツブツ言いながら歩いていた。ちょっとおかしな男、を超えて、ちょっとイカれた男、という感じだった。

二人とすれちがうその瞬間のブツブツだけが聞きとれた。それも息子だからだろう。自分の名前を父の声で聞けば、さすがにわかる。

「ごめんな立男。何でだよ、何でこうなんだよ」

文字に起こせば、そう。わずか二、三秒のあいだにその言葉が詰められていた。ごめんな、立男。ではなく。ごめんな立男。読点は入らない。音的には、ゴメナタツォ。何かの呪文のように聞こえなくもない。

末永静男はすぐに画面から消えた。当然だ。カメラは主要登場人物である小説家志望の男とフリーターの女を追うから。

驚いた。末永静男自身が現れたこと以上に、発したその言葉に。

単なるカメオ出演。そこでは何を言ってもよかったはずだ。もちろん、脚本に書かれたセリフでもないだろう。もしかしたら、撮影時に現場で決めたのかもしれない。

そこで出てきた言葉がそれ。ごめんな立男。

そんな形で僕の名前がこの映画に遺(のこ)された。

驚いたあとは、混乱した。

映画を五回観たという母はこれに気づかなかったのか。気づいたが言わなかっただけなのか。気づいたなら、どう感じたのか。今さら何なのよ、と思ったのか。

そのごめんな立男が出たのは、映画の中盤あたり。

聞いてからは、ずっと考えた。延々と続く夜に僕自身も包まれて。スクリーンに映し出された夜に自分も取りこまれたように感じて。

この映画が撮影されたとき、たぶん、僕は小学生。脚本を書いたり演出をしたりする才能が自分にないことはすでにわかっていたころだ。それでいて、まだ普通に父と話せていたころ。法的には無関係な弟の存在をまだ知らされていなかったころ。

後に知らされた僕は、父とまったく話さなくなった。自分の親は母だけだと思うようになった。母がいてくれればそれで充分だった。実際、生活費を稼いでいたのは母だったのだし。

混乱は続いたまま、映画が終わった。

夜の映画ではあったが、暗い映画ではなかった。小さな光はあちこちに存在した。観る前に映画館の外ですれちがった二人の女性がともに晴れやかな顔をしていたのもわかる。

ただ、いい映画だったのかはわからない。こんな映画は観慣れていないのだ。だから、母が言うように、末永静男が映画監督としてすごいのかもわからない。

館内が明るくなったことで、泣いている自分を初めて意識した。

号泣しているわけではない。嗚咽(おえつ)しているわけでもない。肩を震わせはしない。声を出したら震えそう、という感じですらない。

にもかかわらず、涙が頰を流れている。何だかよくわからない涙だ。これまで流したことがない類の。

傍目には、映画に感動して流した涙、に見えるだろう。別に否定はしない。結果としてはそうだから。映画を観てこうなってはいるから。

僕自身が会話を拒んだせいか、直接言われたことは一度もない言葉。

ごめんな立男。

父の死から二年が過ぎた今、僕は言う。

「何なんだよ。静男」

震えないはずの声が、少しだけ震える。

快く取材を受けてくださったシネスイッチ銀座の皆様、ありがとうございます。おかげで想像を広げることができました。ミニシアター、大好き。

小野寺史宜

この物語はフィクションです。実在の人物・団体とは一切関係ありません。

本書は書き下ろしです。

小野寺史宜（おのでら・ふみのり）

一九六八年千葉県生まれ。二〇〇六年「裏へ走り蹴り込め」で第八十六回オール讀物新人賞を受賞してデビュー。〇八年『ＲＯＣＫＥＲ』で第三回ポプラ社小説大賞優秀賞を受賞。『ひと』が二〇一九年本屋大賞第二位に選ばれ、ベストセラーに。著書に「みつばの郵便屋さん」シリーズ、『まち』『食っちゃ寝て書いて』『タクジョ！』『今夜』『天使と悪魔のシネマ』『片見里荒川コネクション』『とにもかくにもごはん』などがある。

ミニシアターの六人（ろくにん）

二〇二一年十一月二十日　初版第一刷発行

著者　小野寺史宜
発行者　飯田昌宏
発行所　株式会社小学館
〒一〇一‐八〇〇一　東京都千代田区一ツ橋二‐三‐一
編集　〇三‐三二三〇‐五九五九　販売　〇三‐五二八一‐三五五五
ＤＴＰ　株式会社昭和ブライト
印刷所　萩原印刷株式会社
製本所　株式会社若林製本工場

造本には十分注意しておりますが、印刷、製本など製造上の不備がございましたら「制作局コールセンター」（フリーダイヤル〇一二〇‐三三六‐三四〇）にご連絡ください。
（電話受付は、土・日・祝休日を除く九時三十分～十七時三十分）

ISBN 978-4-09-386629-3